Jag ser ett mörker i tunneln

Förord

Det finns en undre värld i Stockholm som inte många känner till. Då talar jag inte om den undre världen som det står om på löpsedlar, eller framställs i Beckfilmer. Jag tänker på det tunnelsystem som finns under våra fötter. Hela centrala delen av Stockholm är underminerat av tunnlar. Längst ner ligger avloppstunnlar, som kan jämföras med underjordiska floder som mynnar ut vid Käppalas reningsverk, som ligger på Lidingö. På nivån ovanför ligger fjärrvärmetunnlar, de utgår från Värtans kraftvärmeverk och sträcker sig med avgreningar till Kungsholmen. I nästa nivå ligger tunnelbanetunnlarna som har en mycket varierad nivå under markplanen, de kan ligga under eller över fjärrvärmetunnlarna. Den övre nivån består av ett tunnelsystem som ofta ligger i anknytning till gator och innehåller både tele, el, fjärrvärme och vatten. De fördelar kablar och ledningar till kvarteren.

Om man skulle jämföra Stockholm med en organism, så kan man säga att fjärrvärmesystemet är organismens blodomlopp. Mer än 95 % av fastigheterna i centrala Stockholm har FV. Hjärtat ligger i Värtan där FV vattnet värms upp och pumpas ut till olika delar av staden. Genom rörsystem når det heta vattnet fastigheterna där det lämnar sin värme till förbrukarna, stadens invånare. Det kalla vattnet går sedan tillbaka till Värtan för att värmas upp igen, i ett evigt kretslopp. Om man skall fortsätta med liknelsen kan man säga att tunnlarna som går från Värtan är organismens pulsåder. Ett större avbrott där innebär inte bara att staden blir kall, elsystemet överbelastas, då allt för många börjar använda elen för uppvärmning. Vatten och avlopp fryser efter en tid. Man kan säga att organismen börjar dö vid ett attentat mot "pulsådern." Fjärrvärmetunnlarna ligger på ca 70 meters djup. Bredden är ca 5 m höjden ungefär 3,5 m. Väggarna är råberg, ibland förstärkt med betong. På varje sida av tunneln ligger två rör ovanför varandra, diametern på rören varierar mellan 600 mm och 1000 mm. Golvet är asfalterat för biltrafik, eller i äldre delar av tunneln, belagt med makadam och spår för smalspårig transport. En del av stigschakten är byggda med en anslutningstunnel från markytan, så man kan köra material in i tunnelsystemet med bil. Miljön i tunnlarna är varm och det enda ljud man hör är vinande från ventilationssystemet och knäppande från rören som vilar på glidplattor. Då temperaturen ändras rör sig rören på grund av värmeutvidgningen i materialet. Temperaturen på fjärrvärmevattnet varierar från ca 105 gr C en kall vinterdag till 80 gr C en sommardag. Trycket i rören varierar, men ligger på ungefär 14 kg/cm2. Vattenmängden i hela systemet är inte känt, för det är tydligen en hemlighet. Jag har kontaktat Fortum om det, och många andra uppgifter, men de har aldrig svarat. Man kan väl säga att det är en typisk situation, att när man lägger ut infrastruktur på entreprenad upphör samtidigt möjligheten för utomstående att få insyn i verksamheten. Egentligen är det självklart, en entreprenör arbetar endast av vinstintressen. Man tjänar inget på att installera säkerhetsutrustning, alltså gör man inte det. Samhällsansvar känner möjligen Fortum för det finska samhället, inte för det svenska.

Man kan ju tro att med en så uppenbar risk för sabotage borde det vara svårt för obehöriga att komma in i tunnelsystemet, men det är det inte. Det har förekommit att biltjuvar haft tillgång till tunnlarna och slaktat bilar där. Visserligen finns ett kortsystem där man anmäler sig till vakten som sitter i Värtan innan man går ner i ett schakt. Men eftersom allt arbete läggs ut på entreprenörer har de flesta större rörfirmor, isoleringsfirmor, elfirmor och byggfirmor vid olika tillfällen arbetat i tunnlarna. Man kan säga att under de senaste åren har flera hundra behöriga eller obehöriga varit nere i tunnlarna. Ofta när jag gått där har jag undrat vad skulle hända om någon terrorist en kall vinterdag sprängde rören och frigjorde den enorma destruktiva kraft som finns i tunneln. Jag hoppas att jag aldrig få reda på det. Min historia är ett scenario som inte hänt, men skulle kunna hända. Jag har arbetat med konstruktioner i tunnlarna och vistats mycket i den miljön.

Handlingen i boken har många spår och det är många inblandade. Jag har därför valt att berätta händelserna i kronologisk ordning för att underlätta för läsaren att hålla samman handlingen.

Jag vill också passa på att tacka i första hand min familj som jag försummat under tiden jag skrivit denna bok. Jag vill också tacka mina vänner och arbetskollegor som jag plågat genom att använda dem som bollplank, ingen nämnd och ingen glömd.

Bo Hansson/ Författaren

Förlag och tryck: BoD
ISBN: 978-91-7463-830-1

Kapitel 1

Marocko är en stat med anor som sträcker sig ca tusen år tillbaka. Det är en muslimsk kungamakt och landets gränser har många gånger ändrats genom konflikter med grannländerna Algeriet och Mauretanien. Landet har det nordligaste läget av de Afrikanska länderna, det är till ytan ett av de mindre länderna i regionen och brist på olja gör det till ett relativt fattigt land. I början på 1900 talet koloniserades landet av Frankrike och Spanien. Landet förde en lång kamp för självständighet mot Frankrike, det var först 1956 som det blev fritt. Även Spanien släppte sina områden. Den internationella staden Tanger återlämnades till Marocko samma år. Det pågår fortfarande en tvist om Västsahara som Marocko har annekterat, utan godkännande av FN. En stor exportvara är hasch och man räknar med att 90 % av all hasch som smugglas till Europa kommer från Marocko.

Familjen Avodi var bosatt Meknes, en stad som ligger i Marockos inland. Staden ligger på en högplatå i ett bördigt område. Man kan säga att staden har två ansikten. Den gamla staden som är byggd av de ursprungliga invånarna består av smala gränder och hus som ligger tätt, ofta två eller tre våningar höga. Där är det behagligt att vistas varma dagar, gränderna ger skugga och svalka. Alla hus är byggda av sten och är svala på sommaren. Meknes andra ansikte är den del som fransmännen byggde då Marocko var en Fransk koloni. Där är bebyggelsen som i Frankrike men det fungerar inte i Marockos klimat. Gräsmattor och parker har blivit grusplaner på grund av torkan och när det blåser virvlar dammet längs de breda "europeiska" gatorna. Det som tidigare var lummiga parker har blivit platser där man kastar sopor, anlagda dammar med springbrunnar fylls inte med vatten utan med sopor.

Den sociala strukturen i Marocko skiljer sig mycket från vad vi är vana vid i Europa. Det finns egentligen bara två grupper; fattiga och rika. De fattiga är mycket fattigare än vi är vana vid, deras problem handlar om mat för dagen och tak över huvudet. Många av dem bor faktiskt på gatan och sitter och sover i en port under natten. De rika utgörs av egenföretagare, akademiker och människor med någon form av utbildning som militärer, poliser och lärare. De bor ofta i stora villor med tjänstefolk som sköter marktjänsten de har det bättre än motsvarigheten i Sverige. Ett stort problem som landet brottas med är att det förekommer mycket mutor, vilket resulterar i att det är svårt att exportera och importera varor. Tullavgiften kan variera beroende på om tulltjänstemännen fått sina mutor eller inte.

Ali Avodi var studerade när oroligheterna bröt ut i Marocko i samband med frigörelsen från Frankrike. Han tillhörde en motståndsgrupp som bekämpade kolonialisterna. När Marocko blev fritt belönades frihetskämpar med bra jobb inom förvaltningarna. För Alis del fick han arbete på den nystartade arbetsförmedlingen, endast tjugo år gammal. Vid tjugotvå års ålder var han avdelningschef med en relativt bra lön. Men det var inte lönen som gjorde Ali rik, det var att han nu hade en position som att han kunde få mutor. Genom att via mutor ge vissa förtur till de bra jobben som kom in växte hans sparkapital. När han var tjugofem år gifte han sig med en kvinna från ett välbärgat hem i södra delen av landet. Han kunde köpa ett hus i centrala delen av staden, men mycket vill ha mer, så Ali såg sig om efter något lönsamt projekt att satsa pengarna i. I samband med att ägaren till en av de största mattaffärerna dog och affären var till salu lyckades Ali förvärva den till ett bra pris. Han visste inget om mattor, men han hade en kusin som arbetade i branschen, som hjälpte honom i början. Genom att samarbeta med kusinen, som senare startade importverksamhet i Paris, blev affären snart lönsam och Ali kunde sluta på sitt ordinarie jobb och helt ägna sig åt affären.

Ali Avodis familj var nu relativt välbärgad. Genom att samarbeta med kusinen kunde han köpa billiga mattor i Meknes och exportera till kusinen som sålde dem. Affärerna gick bra och Ali trivdes med sitt nya jobb och pengarna flöt in. Hans familj växte, efter sex år hade barnaskaran vuxit till fyra barn, två pojkar och två flickor. Ali tyckte att livet lekte. Då kom slaget som förändrade hans tillvaro. Kusinen, som bodde i Paris, blev sjuk och kunde inte sköta sin agentverksamhet. Inkomsten sjönk kraftigt för Ali, affärerna med kusinen hade varit det som gjorde att verksamheten var så lönsam. Ali hade nu valmöjligheten att invänta en konkurs eller flytta till Paris för att själv bedriva agentverksamhet. Valet blev att han flyttade men behöll affären i Meknes. Föreståndaren i affären blev en anställd som Ali litade på och som han hade arbetat i affären sedan Ali köpte den tio år tidigare. I början reste Ali till Meknes en gång i månaden för att se att allt fungerade, när han märkte att det gick bra reste han mer sällan.

Lokalen i Paris tog Ali över efter sin kusin som dog ett halvår senare av lungcancer. Första halvåret bodde Ali själv där men när han märkte att det nya affärskonceptet fungerade bra köpte han ett hus och hela familjen flyttade till Paris. Familjen bestod av två döttrar och två söner. Äldsta sonen Karim var sex år och yngsta sonen endast ett år då de flyttade. Döttrarna var fyra respektive tre år vid flytten. Huset han köpte låg i ett område som hette Marly-Le-Roi. Det var en tvåplans villa byggd på femtiotalet och det var i ett relativt välbärgat område. Språket var inget problem, Marocko är i princip tvåspråkigt och franska läser man i skolan, alla Marockaner med utbildning kan arabiska och franska. Det var mer problematiskt att bli socialt accepterade i det villaområde där de var bosatta. De flesta Marockaner som flyttar till Paris var fattiga och bosatte sig i getton i Paris förstäder. Karim som började i skolan så snart han kom till Paris fann att han nästan var den enda araben som gick i den skola som låg i villaområdet. Han blev först mobbad men hans erfarenhet från ett ruffigare Meknes gjorde att han snabbt kunde sätta sig i respekt. Från att varit ett mobbningsoffer blev han efter hand fruktad värsting på skolan. Det var naturligtvis inget som höjde familjens status i området.

Karim hade ärvt sin fars rebelliska läggning, han hade svårt tolerera att någon skulle bestämma över honom, utan han ville bestämma själv och gå sin egen väg. För Ali, Karims far, hade den rebelliska sidan varit en tillgång, han blev under Marockos frigörelse från Frankrike en frihetskämpe som gynnades av staten och fick status. För Karims del resulterade det i att han kom på kant med de flesta lärarna, och han skaffade sig många ovänner.

Varje sommar åkte familjen till Meknes på semester för att träffa släkten. För Karims del var det att komma hem, här fanns alla gamla vänner och han var ute hela dagarna och njöt av friheten. Här var det ingen som såg ner på honom som han upplevde att fransmännen gjorde. Under varma sommardagar drev de omkring i gäng, badade i dammar som fanns i gamla staden, eller ”krigade” mot gäng från andra stadsdelar. Föräldrarna hade inte samma syn på barnuppfostran där som vi är vana vid. Att skjutsa barnen till fotbollsträning var det ingen som var intresserad av, pojkar i synnerhet fick tidigt lära sig stå på egna ben. Simon, yngsta brodern, hade fått sin mors lugnare temperament. Han upplevde Meknes som en smutsigt och obehaglig plats. Han kände ingen samhörighet med de bråkiga jämngamla barnen i kvarteret. För honom var det att komma hem när de reste tillbaka till Paris när semestern var slut. Det var där han hade sina kamrater som i huvudsak var infödda fransmän. Han var mer van vid Europeiska förhållanden. När döttrarna började skolan hade de inga problem med mobbning, storebror var redan ökänd så ingen vågade trakassera dem. Karim var inte intresserad av skolarbete, det enda ämne han var duktig i var idrott, de resulterade i dåliga betyg och att lärarna hade en negativ inställning till honom. När han blev äldre började han skolka från skolan och vistas mer i de Arabiska kvarteren. Fadern försökte styra upp det, men han upptäckte att han inte hade samma auktoritet som far i Paris som han haft i Meknes. Han hade också så mycket arbete att han inte hade tid att engagera sig.

När Simon började skolan visade det sig att han var väldigt olik Karim. Från första början var han duktig i skolan, han hade en annan attityd än storebror och blev snabbt omtyckt av både elever och lärare. När fadern märkte det beslöt han att Simon skulle fortsätta sina studie, och gå på högskola när han hade åldern inne. Karim skulle så fort som möjligt börja jobba i faderns affär men det ville han inte. Han arbetade visserligen i affären något år men han hittade hela tiden på anledningar att inte vara där utan umgås med kompisar från arabkvarteren. Det blev många scener mellan far och son, ofta slutade det med att sonen rusade ut och var borta flera dagar till faderns och moderns stora sorg. Däremot kom Simon och Karim bra överens. Simon såg upp till sin tuffa storebror som vågade göra saker som han själv inte vågade och Karim var stolt över sin lillebror som var så duktig i skolan.

Kapitel 2

När Karim var tjugo år flyttade han hemifrån. Han flyttade inte i ordets vanliga bemärkelse han bara försvann. Anledningen till att han "flyttade" var att han börjat arbeta åt en lokal langare som arbetade i slumområdet där han brukade vistas. Arbetet bestod av att leverera beställningar och hämta in pengar som kunderna var skyldig langaren. Man kan säga att han blev torped. Det var ett jobb som passade honom bra, han var redan ökänd i området för sitt våldsamma temperament. Det var få som inte betalade sina skulder när han kom. Han fick hyra ett rum i en fastighet som langaren ägde. Hans umgänge var nu smågangsters och prostituerade, de flesta med invandrarbakgrund. Vid sidan om sitt ordinarie "jobb" började han också smuggla in narkotika från Marocko. Hans gamla kamrater i Meknes hjälpte honom med att köpa narkotika. Sedan lade de knarket i kraftiga plastpåsar som svetsades samman med en förpackningsmaskin, så det var lufttätt. Sedan tvättades hela paketet med dieselolja för att inte knarkhundar skulle kunna spåra paketen. Slutligen torkades paketen och rullades in i mattor som exporterades till olika mottagare i Paris. Det kritiska momentet var när mattorna skulle hämtas ut från posten i Paris. Om knarket blivit funnet under transporten skulle poliser vara där och gripa den som hämtade ut mattorna. Därför anlitade Karim olika "målvakter" som fick hämta mattorna. Målvakterna var nergångna knarkare som gjorde vad som helst för att få lite gratis knark eller som var skyldiga pengar.

Fördelen med målvakterna var att de var medvetna om vad som hände om de tjallade. Affärerna gick nu så bra för Karim att han kunde sluta som torped och ägna sig åt sina egna affärer. Han kunde nu säga att han gick i pappas fotspår, han importerade mattor. Till slut var det naturligtvis en målvakt som blev gripen av narkotikapolisen och tjallade mot löfte om att han skulle få villkorligt straff. Karim greps av polisen och förhördes men erkände inget. Eftersom han var ostraffad släpptes han i väntan på rättegång. Några dagar senare kom målvakten, som var helt sönderslagen, till polisstationen och sade att det skett ett missförstånd. Det var inte alls Karim som skulle ha mattan, det hade han bara sagt för att bli frisläppt. Skadorna hade han fått då han blev påkörd av en smitare. Åtalet mot Karim lades ner. Nu vågade inte Karim fortsätta med mattaffärerna i Marocko, han förstod att polisen hade ögonen på honom. Men han hade en sparad slant så han såg sig om efter någon annan verksamhet som kunde generera pengar. Han kände nu många i branschen så han beslutade sig för att satsa på Afghanistan, som var kända för att leverera kokain, tidigare hade han bara handlat med hasch. Han reste dit för att träffa olika handlare, han hade fått en del adresser på leverantörer från kollegor som gjort affärer där.

*

Under hela denna tid höll han kontakt med sin lillebror, men han var noga med att brodern inte skulle bli inblandad i hans affärer. De brukade träffas på ett fik, Simon var imponerad av Karim som verkade ha mycket pengar. Efter en tid kom han i egen bil men han sade inte var pengarna kom från när Simon frågade skrattade han bara och sade ”affärer”.

Ungefär två år efter det att Karim flyttat hemifrån kom två civilklädda poliser och frågade efter Ali. Han fick följa med till polisstationen, de sade inget om vad saken gällde. När han väl var där blev han förhörd flera timmar. De frågade hela tiden vad han hade för kontakt med Karim. Han svarade som det var att han inte hade någon kontakt alls med honom sedan två år. Men polisen nöjde sig inte med det. De fortsatte att fråga, vilka vänner hade han, vilka umgicks han med. Var bor han? Vad jobbar han med? Fadern förstod att något hänt Karim, men poliserna vägrade säga vad. När förhöret pågått flera timmar bröt Ali samman och började gråta. ”Är han död?” frågade han. Poliserna tittade på varandra och nickade. ”OK” sade den som verkade vara chefen, ”din son är inte död, men han önskar kanske att han var det. Sedan två månader sitter han i Guantanamofängelset. Han greps i Afghanistan tillsammans med en efterlyst terrorist. Vi vet också att han har smugglat narkotika. Det bästa du kan göra är att berätta allt du vet om honom och de bekanta han har. Då kan vi kanske ordna så att han blir frisläppt.” Men Ali vidhöll att han inte visste något om sin son, som han inte sett på två år. Några timmar senare släppte polisen honom, men de informerade honom att dom skulle återkomma och att han inte fick resa utomlands.

Beskedet kom naturligtvis som en chock för familjen Avodi. Fadern nämnde aldrig Karims namn och modern blev ändå mer tystlåten. Polisen återkom flera gånger, frågorna var samma som vid det första förhöret. Det framkom att Karim rest flera gånger till Afghanistan och att han troligen också varit på träningsläger där. Han hade finansierat verksamheten med knarksmuggling. Efter en tid slutade poliserna att komma, de insåg antagligen att Ali inte visste mer än han berättat. För Simon blev arresteringen av brodern en vändpunkt. Han saknade brodern, som han såg mer som en nära vän än en bror. Han hade aldrig varit intresserad av politik men nu började han läsa allt som stod i tidningarna om ”USA:s krig mot talibanerna”. Det slog honom hur omänskligt det var att spärra in människor utan rättegång, han kunde inte fatta att en rättsstat kunde göra det utan att övriga stater reagerade. Han fick tag i en bok som var skriven av en fånge som suttit i det fängelset. Det var tydligen omänsklig behandling som fångarna utsattes för. De satt inte i vanliga celler utan i tårtbitsformade burar utomhus. Dagliga förhör kombinerat med vattentortyr förekom tydligen ofta. Detta i kombination av att ingen visste hur länge de skulle få sitta där måste vara fruktansvärt nedbrytande. Simon tänkte att när ”världspolisen” USA kan göra så utan att övriga världen reagerar mer än de gjort, så måste man dra slutsatsen att det var en sammansvärjning som var riktad mot muslimska länder och den enda möjligheten att få rättvisa var att ta lagen i egna händer.

Han bar på iden att han skulle befria Karim. Men han förstod snart att det inte var möjligt att åka till Guantanamo, ännu omöjligare att resa därifrån med brodern. Att han skulle befria Karim blev en fix ide'. Han funderade mycket på hur han skulle kunna hjälpa honom, han skrev brev till olika myndigheter för att få reda på hur han skulle kunna komma i kontakt med honom men det resulterade bara i tystnad från myndigheterna. Hur han än funderade kunde han inte komma på något sätt att hjälpa brodern.

*

Åren gick och Simon började på högskolan, eftersom hans bästa ämnen var matte och fysik beslöt han sig för att läsa till civilingenjör. Och han hade sin faders fulla stöd för det. Fadern lovade att finansiera studierna så han behövde inte ta några lån. Han trivdes från första början på skolan, tidigare hade han varit bland de bästa i klassen men nu upptäckte han att det fordrades att han läste mycket för att bara hänga med. Studietakten var hög och de som inte hängde med slutade efter hand. Det var dock inget problem för honom, han var intresserad ämnena han läste så det var bara roligt och intressant. De ämnen han var mest intresserad av var de som hade anknytning till byggteknik. Han läste om hur romarna under antiken kunde bygga akvedukter och transportera vatten långa sträckor och hur de byggde vägar som fortfarande används. Och detta arbete utfördes utan instrument och det var väl ingen som förstod hur dom gjorde.

När han läste andra året hade han specialiserat sig på bygglinjen, med inriktning på gruvdrift och tunnelbyggnation. En av lärarna var också muslim han hette Gad Scharim och var från Algeriet. Han var i fyrtiofem årsåldern, och ganska liten till växten. Håret var svart och lockigt, och han pratade snabbt och energiskt. Han hade arbetat i afrikanska gruvor och hade stor erfarenhet av gruvdrift. Han var också omtyckt av eleverna för han brukade berätta historier om hur det fungerade i det verkliga arbetslivet. Många av historierna handlade om hur myndigheter och multinationella företag lurade den infödda befolkningen på de stora vinster som gruvorna gav. Simon misstänkte att han var aktiv kommunist eller socialist men fann inget fel i det, han lutade själv åt det hållet som många unga gör. Man kan säga att Gad, utan att säga det rent ut, sådde ett revolutionärt frö hos sina unga elever. En dag var Gad borta och det spreds ett rykte att polisen gripit honom och förhörde honom. Men efter två dagar var han tillbaka och uppträdde som inget hänt. En av eleverna dristade sig att fråga var han varit under dagarna när han var borta. Men Gad sade bara att polisen förhört honom och det får man räkna med om man är muslim i Paris, sade han. Man kunde spåra en viss bitterhet i hans svar.

Simon fick en känsla av att Gad skulle kunna hjälpa honom på något sätt att få ut sin bror från fängelset.

Så några dagar senare stoppade han Gad på vägen från skolan och berättade om sin bror. Gad lyssnade utan att kommentera och sedan sade han ”kan vi träffas nedanför tornet i kväll vid sjutiden”. Med tornet menade Gad naturligtvis Eiffeltornet och Simon var där i god tid. Gad kom prick sju och nickade åt Simon att han skulle följa honom och började gå i maklig takt från tornet tills de slutligen hamnade i en liten park. Gad satte sig på en bänk och Simon satte sig bredvid. Gad log och sade:” Du tycker nog att det här är lite underligt, men jag vet att polisen skuggar mig ibland. De anser att jag varit inblandad i sprängattentat, men de kan inte bevisa något. Därför har de ögonen på mig, men här är det säkert”. Simon berättade om sin bror och sin önskan att befria honom, att han måste befria honom. Gad satt tyst en stund, sedan sade han:” Att befria honom från Guantanamo kan du glömma, det har säkert du räknat ut själv enda möjligheten att få ut din bror är att de stänger Guantanamo och släpper fångarna. De är inte dömda för något. Det är en rättsskandal att USA har fångar som sitter inspärrade år efter år utan dom”.” Har du några släktingar i Sverige” frågade Gad oväntat. Simon tänkte efter:” Ja jag har en farbror som bor i Stockholm, jag tror att han äger någon typ av restaurang”. Gad nickade, och sade:” Jag har en ide om hur vi kan hjälpa din bror, men jag måste prata med några personer först. Vi träffas här om en vecka vid samma tid, berätta inte för någon om detta samtal. Och när du åker hit nästa gång skall du se till att ingen skuggar dig”. De skakade hand och gick åt olika håll.

Under veckan funderade Simon mycket på vad Gad sagt. Hur skulle man få USA att stänga fängelset i Guantanamo? Varför hade Gad frågat om han hade någon släkting i Stockholm? Vad hade Stockholm med Guantanamo att göra? Simon förstod ingenting. Enligt Amerikanerna var det inget fängelse utan ett läger för krigsfångar. Vad han förstod levde fångarna under vidriga förhållanden där, de blev också utsatta för tortyr. Men det var svårt att veta för anhöriga fick inte besöka lägret. Alla hans försök att komma i kontakt med brodern hade misslyckats.

När de träffades en vecka senare i parken sade Gad att han pratat med vänner till honom, och att de hade en plan. Han skulle berätta den för Simon, sedan skulle han få avgöra om han ville vara med. Men det var viktigt att Simon hade klart för sig att han var den viktigaste kuggen i planen. Om han inte ville vara med, skulle den inte genomföras men om han sade ja var det mycket viktigt att han ställde upp till hundra procent. I annat fall skulle en massa kamraters säkerhet äventyras. Han tillade att han inte behöver lämna besked nu, det är ett viktigt beslut och du kan få några dagar att fundera på om du verkligen vill vara med. Simon nickade och bad honom berätta. Gad bjöd på en cigarett och de satt tysta och rökte en stund. Därefter började Gad berätta vad planen innebar, vad Simon skulle göra och hur hans farbror i Stockholm skulle bli inblandad. Hans redogörelse tog en halvtimme. Simon satt tyst, han kände sig alldeles omtumlad av det han fått höra." Kommer många att dö?" frågade han slutligen. Gad satt tyst en stund sedan sa han:" I fjärrvärmetunneln är det inga människor och kan vi få det heta vattnet att läcka in i tunnelbanan bör de hinna evakuera tunneln så ingen kommer till skada. Målet med attentatet är att lamslå staden så lång tid som möjligt, inte att döda människor men det kan bli dödsoffer, det pågår ett krig". De beslutade att träffas om tre dagar vid tornet den vanliga tiden. Simon behövde tid att fundera och Gad hade förståelse för det. De tre dagarna var de värsta i Simons liv, ena stunden var det självklart att han skulle ställa upp för sin bror, nästa var han vankelmodig och kunde inte bestämma sig. Han förstod att han riskerade att bli gripen och kanske dödad, även hans farbror riskerade både sig och sin familj. Men vad var alternativet? Han kände sin bror så väl att han förstod att de aldrig skulle få honom att erkänna något eller ange eventuella kamrater och så länge han inte gjorde det skulle han aldrig bli frisläppt.

De träffades tre dagar senare vid tornet, ingen sade något och de promenerade under tystnad till ett område som inte var så befolkat. Plötsligt stannade Simon och sade:" Jag ställer upp." Gad log och omfamnade honom, och viskade:" Jag förstod att du var en av oss". Simon kände en stor lättnad. Beslutet var oåterkalleligt, nu fanns det bara en väg att gå och han undrade vart den ledde.

Nu var det mycket som skulle ordnas. Skolan han gick på hade en praktikantförmedling som ordnade praktikplatser under sommaren åt eleverna. Simon hade en kamrat som arbetade extra på förmedlingen. Han pratade med honom och gav honom adress och telefonnummer till Fortum. Kamraten undrade varför Stockholm? Simon skrattade och sade konspiratoriskt: ”brudarna så klart”. Kompisen skrattade och sade att han skulle se vad han kunde göra. En vecka senare var det klart. Ali var glad, nu skulle hans son träffa och lära känna sin farbror. Även Simon såg fram mot resan, fastän han var orolig för om han skulle klara sitt ”uppdrag”. Han hade hört mycket om Sverige och tyckte att det skulle bli spännande att komma dit.

Kapitel 3

Det var fyra man i rummet, alla rökte så en bakdörr stod på glänt. Alla som satt där var muslimer med arabiskt ursprung, men de hade västerländska kläder. Det var inte så underligt, lokalen de satt i låg på Fredsgatan i Sundbyberg. Mannen som talade var i fyrtiofemårsåldern, spensligt byggd med runda glasögon, han såg intellektuell ut. Vid hans sida satt en ung man i tjugoårsåldern, han var lång och de flesta skulle nog säga att han var snygg på ett sydeuropeiskt sätt. Det enda som störde något var att näsan var något för stor för ett annars perfekt ansikte. Hans namn var Simon. På motsatt sida av bordet satt ägaren till affären, hans namn var Levi och han var ca femtio år. Han var extremt välklädd och skulle platsat på en bank, han hade också arbetat på en svensk bank en gång i tiden. Godisaffären var bara en del av hans affärsverksamhet. Han sålde och köpte varor som ofta kunde vara stöldgods, han var med andra ord hälare. Den fjärde mannen i gruppen hette Dan Avodi och han var farbror till Simon. Han var i fyrtioårsåldern och ägde en pizzeria i Bandhagen han var stolt över sitt företag, och gav ett lugnt och trevligt intryck. Mannen som förde talan hade presenterat sig som Muhammed. När han sade det gjorde han paus, och tillade. Det är inte mitt riktiga namn. Simon vet mitt riktiga namn och det räcker med att han vet det. Han kom till mig och frågade om jag kunde hjälpa honom att få ut hans bror Karim som sitter på Guantanamo sedan tre år. Att han sitter där är ett rättsövergrepp, han råkade vara i fel sällskap när Amerikanerna grep honom. Tyvärr finns det ingen möjlighet att få ut någon från Guantanamo, det är helt omöjligt, men genom att angripa USAs allierade kan vi få en opinion som tvingar dem att stänga lägret. Vi har gjort det förut, i tunnelbanan i London blev det en halv framgång. Men den tiden då vi använt oss av självmordsbombare är förbi. Vi har inte råd att förlora tappra krigare. I vårt krig mot satan USA behöver vi alla krigare som är redo att kämpa. London är en storstad som är beroende av tunnelbanan, därför slog vi till mot den. Stockholm är en mycket kall stad som är beroende av fjärrvärme, 95 % av centrala Stockholm värms upp med fjärrvärme och därför skall vi slå till mot den. Vi slår till där fienden är som svagast. Han gjorde en paus, och fortsatte, Sverige är egentligen inte allierade med USA men i praktiken går dom i amerikanernas ledband. Svenskarna räknar sig som världens samvete, dom gör ofta uttalande som ”diktaturens kreatur” om Sovjet. Även USA har fått en släng av sleven under Vietnamkriget. Det gör att när Svenskarna börjar fördöma USA för Guantanamo, och det gör de efter attentatet, kommer världen att lyssna. Vår plan är att Simon skall praktisera på Fortum under sommaren, han kommer att i huvudsak att arbeta i fjärrvärmetunnlarna under centrala Stockholm. Hans uppgift är att undersöka hur man osedd kan ta sig in i tunneln, var det är lämpligt att placera sprängladdningar och eventuellt om det går att få in hetvattnet i tunnelbanesystemet. Simon måste också få tillgång till Fortums ritningsarkiv, vi behöver ritningar för att planera sprängningarna. Varför vi valt Sverige för attentatet har jag redan nämnt. En annan orsak till att vi valt Sverige är att det är ett land där man kan skjuta stadsministern på öppen gata, mördaren grips men måste släppas i brist på bevis. Sedan får mördaren en halv miljon i skadestånd. Männen runt bordet skrattade och Levi sa:" Brott lönar sig i Sverige". Muhammed blev allvarlig igen." Vi får inte underskatta säkerhetspolisen, men detta är antagligen det land som övervakningen är sämst i hela Europa".

"Så här skall arbetet bedrivas", sade Muhammed." Simon arbetar på Fortum under sommaren, han tar fram de uppgifter vi behöver. Han kommer att bo hos dig Dan, som vi kommit överens om". Dan nickade och log mot Simon:" Det skall bli roligt sade han". Muhammed fortsatte: "Jag och Simon kommer att ha telefonkontakt hela tiden. Vi kommer sedan att planera hur själva sprängningen skall gå till. Efter praktikperioden kommer Simon att stanna och i samarbete med er då det gäller att aptera sprängmedlet. Sedan avvaktar vi en kall dag i januari eller februari. Då utför vi attentatet. På så sätt får vi maximal skada, det kommer att bli kaos när värmen i centrala staden försvinner och staden måste evakueras. När sprängningen utförs skall alla spår vara igensopade, verktyg, eventuella bilar vi använt, allt skall vara borta. Mobiltelefoner skall kastas före sprängningen. När sprängningen är utförd skall vi inte ha någon kontakt med varandra utan fortsätta bo och leva som vanligt. Den första tiden kommer kontrollen att vara stenhård för resenärer med arabiska namn, det gäller i första hand dig Simon. Du måste nog räkna med att stanna kvar i Stockholm någon månad efter attentatet, sedan skall du åka med tåg till Paris. Det är inte samma kontroll då man åker tåg som när man flyger". Simon nickade. Här gjorde Muhammed ett uppehåll och tände en cigarett." Vi vet redan nu att vi kommer att behöva en del material. Dynamit och tändhattar som inte går att spåra. En vit skåpbil som liknar Fortums bilar. Det är saker som vi kan börja skaffa redan nu. Då det gäller dynamit måste vi nog stjäla det från något bygge, det får inte finnas några mellanhänder. Då det gäller den ekonomiska biten är det inga problem, vi får de pengar som behövs från ledarna som styr vår organisation. Jag ska lämna en kontantsumma, vi skall endast använda kontanter när vi handlar". Han tog fram fyra små papperslådor och ett kuvert ur väskan. Kuvertet, med pengar, lämnade han till Levi med orden:" Du sköter inköpen". Sedan gav han alla varsin låda." Det här är mobiltelefoner, som endast skall användas i samband med det här projektet. De får aldrig användas privat. Jag har köpt dem på en stormarknad i Paris och det är kontantkort i dem. De går inte att spåra. Dagen innan vi utför sprängningen skall alla ta ut korten i telefonerna och förstöra och kasta telefoner och kort på olika ställen. Era vanliga mobiltelefoner skall ni behålla och ringa på som vanligt, men inte till varandra. Jag och Simon kommer att resa tillbaka till Paris i kväll. Jag kommer inte att komma hit mer men Simon kommer hit då han börjar sitt praktikjobb på Fortum."

Här gjorde Muhammed åter ett uppehåll. Han tittade alvarligt på de sammansvurna och sade med låg röst." Jag är stolt över att ha träffat er, ni skall veta att från och med nu är ni al-Qaidas spjutspets. Ni har stöd av alla rättrogna och när vi har vunnit kommer ni att betraktas som hjältar". Männen runt bordet nickade högtidligt och kramade Simon och Muhammed då de lämnade lokalen.

Kapitel 4

Amerikanska ambassaden är en stor vit byggnad som ligger vid Dag Hammarskölds väg 31 i diplomatstaden på Östermalm. Byggnaden är oregelbunden med flera utbyggnader, troligen har den byggts ut i flera omgångar. Från övre våningen, där ambassadörens arbetsrum ligger, har man utsikt över Djurgårdsbrunnsviken och Djurgården. Den nuvarande ambassadören hette Steve Jordan, han var i femtioårsåldern och var, som han själv uttryckte det, kraftigt byggd. Han hade varit ambassadör i Sverige i fyra år. Han och hans familj trivdes här, och han hade inga ambitioner att flytta till någon ”större” ambassad. Hans son hade just börjat på högskolan, det var ytterligare ett skäl till att inte flytta. Grabben pratar redan svenska flytande så det skulle inte förvåna mig om han hittar en flicka här och bosätter sig i Sverige, tänkte Steve. Sverige har många fördelar, det är förhållandevis lugnt, alla kunde engelska och landet är välorganiserat till skillnad från Honduras där han tidigare arbetat. Den största nackdelen var naturligtvis vädret. Trots att han kom från Chicago, som också hade relativt kalla vintrar, upplevde han de svenska vintrarna som för kalla och mörka. Men man får ta det onda med det goda, tänkte han filosofiskt.

Han hade just läst en rapport som kommit från en tjänsteman på säkerhetsavdelningen som hette Tom Gordon. Steve tyckte illa om Tom, om man skall vara ärlig tyckte han illa om alla som arbetade på säkerhetsavdelningen. Officiellt var de vanliga ambassadtjänstemän som organisatoriskt var underställda Steve men i praktiken var de spioner som var underställda CIA. Så fungerade alla ambassader, det var en officiell hemlighet som alla var införstådda med. Felet var att när något gick snett var det ambassadören som blev syndabock, ofta utan att ens veta vad som orsakat det inträffade. Visserligen fick han rapporter men det han fick var ofta bara den information som CIA ansåg att han borde veta. Inte helheterna i de verksamheter som säkerhetsavdelningen bedrev. Han hällde upp en drink med bourbon whisky och gick fram till fönstret och tittade tankfullt mot Djurgården. Vintern började övergå till vår men det låg fortfarande snödrivor kvar. Han tog det sista i glaset och tänkte att det blivit lite för mycket av det här den sista tiden. Hemma i staterna var det OK att ha ett barskåp i arbetsrummet, hade man det här i Sverige klassades man som alkoholist, på jobbet dricker man mineralvatten. Sedan var det en annan sak att svenskarna går hem på fredagskvällen och super skallen av sig under helgen.

Han suckade och satte sig bakom skrivbordet, lika bra att ta tjuren vid hornen. På snabbtelefonen ringde han sekreteraren och bad henne skicka in Tom, genast. Tom kom efter några minuter och satte sig i besöksstolen oombedd. Tom var en påläggskalv, hans far satt i senaten och Tom hade den självklara auktoriteten som bara en amerikan med den "rätta" bakgrunden har. En sak som retade Steve var att Tom klädde sig som en jävla college studerande. Han var inte tjugo år, han var trettiofem. ”Jag förstår att det gäller rapporten som jag skrivit” sade Tom. Steve nickade. ”Våra kollegor i Frankrike har till och från haft ögonen på en lärare från Alger som undervisar på en högskola i Paris. Han är i grunden geolog och har mycket erfarenhet av gruvdrift”. Tom fortsatte:” Anledningen till att vi har haft ögonen på honom är att hans namn dök upp i samband med sprängningarna i Londons tunnelbana, samt en buss. Det gick inte att binda honom vid dådet, men vi vet att han själv på något sätt var inblandad. Vi har också fått reda på att han för några veckor sedan reste till Stockholm tillsammans med en elev. Han har ingen anknytning till Sverige men eleven har släktingar i Stockholm. Vi tror att de planerar ett attentat här i tunnelbana”.” Det där står i rapporten” sade Steve, ”och jag är faktiskt läskunnig. Men det är fortsättningen jag inte förstår. Du skriver att svenska säkerhetspolisen varnats via anonyma brev skickade från Paris. Varför skickas inte alla fakta vi har till Svenska säkerhetspolisen, vi samarbetar med dem i vanliga fall”. Tom flinade: ”order uppifrån” sade han och pekade uppåt med fingret. ”Då fick han det sagt”, tänkte Steve. ”Jag kan förklara men bara muntligt, det får inte komma på pränt,” sade Tom. Han fortsatte. ”Den allmänna uppfattningen är att USA har förklarat al-Qaida krig efter 11 september, men det kriget är mellan USA med allierade och al-Qaida. Och våra allierade är i stort sett hela fria väst värden. Terrordåden riktar sig mot hela västvärlden, men USA skall dra hela lasset. Tag som exempel England, vi varnade dem anonymt före sprängningarna i tunnelbanan, de brydde sig inte om våra varningar.

Men efter det attentatet sköter de spaningsarbetet föredömligt, det är olympiaden utan något intermezzo bevis för. Kravet de har för att sluta med attentaten är att vi skall stänga Guantanamo. Då undrar man varför är det så viktigt att det stängs?" Jo, svarade Tom själv, "anledningen är att det har visat sig att det fungerar alldeles utmärkt. När Obama gick till val var hans stora valfråga att han skulle se till att Guantanamo stängdes, men när valet var klart insåg han att det var det bästa vapnet USA hade mot terroristerna. Vi griper sådana som vi vet är inblandade i terrorverksamhet och sätter dem i det rymningssäkra krigsfångelägret, utan dom eller tidsbegränsning de bor mycket obekvämt, och förhörs hela tiden. Naturligtvis ljuger de i början men vi samlar alla förhör på data så vi kan jämföra och på så sätt kan vi pussla samman olika platser, namn och tidpunkter. När vi sedan märker att någon talar sanning släpper vi dem utan motivering, då förstår de som är kvar att om jag börjar tala sanning blir jag fri. På så sätt har vi nystat upp en stor del av det kriminella nätverket. De som blir frisläppta vill al-Qaida inte ha med att göra, de stämplas som tjallare". Här gjorde Tom en paus, innan han fortsatte. "Genom att drabbas av terroristdåd utan att USA ingriper kommer våra allierade att bli mer aktiva i kampen mot al-Qaida". Tom, som nu kommit upp i varv, fortsatte: "Sverige är ett lysande exempel på länder som förlita sig på att andra skall ingripa. De har till och med skrotat försvaret för de litar på Nato som de inte ens är med i. Det var ett intermezzo när Ryska flygplan kränkte svenska luftrummet grovt, men svenskt flyg gick inte upp för det var helg och då har de ingen beredskap. Antagligen VAB ade piloten. I stället gick danska natoplan upp. Det värsta var att landets försvarsminister inte hade en aning om att det inte fanns någon flygberedskap under helgerna. Vi trodde att Svenskarna skulle bli mer vaksamma efter incidenten med självmordsbombaren som lyckades med konststycket att endast spränga sig själv på en plats med mycket folk. Han var på väg mot centralen och hade han kommit dit och lyckats utlösa sprängmedlet han bar på, hade det blivit en katastrof, men det verkar som om det snarare hade motsatt effekt. Svenskarna rycker på axlarna och säger det här går ju bra, inget hände." Steve böjde sig fram och sade, "Om jag förstår dig rätt skall vi alltså sitta med armarna i kors och se på när terroristerna spränger hundratals oskyldiga, trots att vi sitter inne med kunskap som kunde förhindra attentatet." Nej", svarade Tom. "Vi har skickat varningar, nu överlåter vi åt Svenskarna att vidta åtgärder."

När Tom hade gått satt Steve kvar och funderade på det han hört. Det hade varit bättre att inte fråga, nu kände han sig på något vis medskyldig. Han övervägde om han skulle "läcka" genom någon inofficiell kanal, men om han gjorde det och det hände något var det ett direkt erkännande att USA inte lämnade ut information till sina allierade. Steve beslöt sig för att försöka glömma hela historien, ett beslut som han skulle komma att ångra.

*

När Tom lämnade rummet var han mycket irriterad. ”Här arbetar man häcken av sig för att få de allierade att göra sin del av jobbet och så kommer den skåpsupande tjockisen och ifrågasätter det man gör. Det borde vara någon yngre och drivande person på den posten, jag till exempel. Jag skall prata med pappa om det,” tänkte han.

Kapitel 5

När Simon kom till Arlanda var hans farbror Dan och mötte honom. Det var ett varmt mottagande, Dan kramade honom och önskade honom välkommen. De var ensamma i bilen så de hade möjlighet att prata om det planerade projektet. Dan var orolig för följderna, han hade sin affärsverksamhet och sin familj att ta hänsyn till. Simon hade lite dåligt samvete för att hans farbror drogs in i detta, "men din roll kommer bara att vara att du har en släkting som bor hos dig", sade Simon."Det verkliga arbetet kommer jag och Levi att göra. Om allt går fel riskerar du bara att bli förhörd av polisen och i Sverige förekommer ingen tortyr. Då det gäller Levi är han fullt införstådd med vad det gäller. Han får pengar för sin insats." Det verkade som om hans ord hade en lugnande inverkan på farbrodern för han pratade inte mer om det förestående attentatet.

Det var en fin vårdag och Dan åkte genom centrum för att Simon skulle få se mer av staden. Det slog Simon att det var en mycket vacker stad med mycket vatten och broar. Han såg till sin förvåning att det var många människor som uppenbarligen inte kom från Sverige. Han var van vid ett mångkulturellt samhälle från Paris men här var tydligen invandringen ännu större. Han påpekade det för Dan, som log och sade: "Vi skall åka till Södertälje någon gång. Det är en förort till Stockholm, det är som att komma till Bagdad. De skryter med att de tagit mot fler invandrare än hela USA och när man går på torget där så tror man dem."

När de kom hem till Dan hade hans fru ordnat en välkomstmiddag. Det var mycket trevligt med god mat efter recept från Marocko. De hade mycket att prata om så klockan hade blivit tolv innan de gick och lade sig. Nästa dag var söndag och Simon åkte själv in till Hötorget och promenerade runt för att bekanta sig med den stad som han skulle bo i det närmaste halvåret. En glad överraskning var att det inte var något problem med språket, de flesta pratade bra engelska, något som han också gjorde. Sverige var ju känt för vackra flickor och det stämde. De flesta människorna såg välmående ut men konstigt nog var det mer tiggare än i Paris. Det verkade vara kontrasternas stad. Han promenerade från Hötorget till slottet som han hört talas om, det var en imponerande byggnad. Det kändes bra på något vis att Sverige också var en monarki, som Marocko. Sedan gick han genom gamla stan, det påminde honom lite om Gamla stan i Meknes. Med hjälp av en turistkarta fortsatte han sedan till Medborgarplatsen. Där fick han till sin förvåning se en moské. Han gick in i den och var mycket imponerad, det var en av de finaste han varit i. Han bestämde sig för att han skulle gå dit ofta. På kvällen arbetade Simon i sin farbrors pizzeria, hans farbror tyckte inte att det behövdes men han ville göra rätt för sig. Pizzerian var egentligen ingen restaurang utan en butik där människor hämtade pizzor de beställt. Det var stor omsättning av pizzor i affären, två bakade och en tog mot beställningar. Simon förstod att hans farbror måste tjäna bra. Han var också förvånad över att svenskarna åt så mycket pizza. Hans farbror skrattade och sade att det är Svenskarnas favoriträtt, de äter faktiskt mer pizza här än i Frankrike. Konstigt nog finns det en pizzeria i varje mindre samhälle i Sverige.

På måndagen tog Simon tunnelbana till jobbet, det var i Värtan och resan tog ganska lång tid med tågbyten. De var fyra så kallade internationella praktikanter som började. Första dagen var det introduktion, de fick arbetskläder och de fick träffa sina blivande chefer. Det var en imponerande anläggning med jättelika pannor och kontrollrum som såg ut som hämtat ur en Bondfilm. Fortum bjöd på lunch och sedan fick de åka på en guidad rundtur med en minibuss. De var i Hässelby och tittade på den stora panncentralen som låg vid Mälaren, den eldades i huvudsak med pellets. Efter det åkte de till Hammarbys värmeverk med värmepumpar som utvann värme ur avloppsvatten. Då de kom tillbaka efter rundturen fick han prata sin blivande chef, som hette Mats Hollt. Han var gruppchef för en grupp på fyra man som i huvudsak arbetade med underhåll i tunnlar, det fanns flera tunnelsystem i stockholmsregionen. Mats var i fyrtioårsåldern och verkade trevlig och lätt att samarbeta med. Dag två började arbetet på riktigt, Simon fick följa med en av service bilarna ner i FV- tunneln. Det första jobbet var att gå eller där det var möjligt åka med bil och byta alla trasiga lysrör i tunneln. Det visade sig att Fortum hade tunnlar i både centrala staden, Södermalm, Farsta, Hässelby och Akalla. Jobbet var perfekt för Simon han ville lära sig hitta i tunnlarna. När han arbetat några veckor märkte Mats att Simon hade bra lokalsinne och körde bil bra, härdad av Paris kaotiska trafik. Det gjorde att Simon fick åka och transportera material som skulle upp eller ner i tunnlarna. Han fick också åka till Döbelnsgatan där ritningsarkivet låg och hämta ritningar som konstruktörerna hjälpte honom att ta fram. Det fanns över tio tusen ritningar i arkivet, så efter en tid fick Simon lära sig hur systemet var uppbyggt och kunde själv hämta ritningar och göra kopior utan att besvära konstruktörerna.

Nu kunde han på allvar börja arbeta med sitt egentliga uppdrag. Han hade daglig kontakt med Gad (alias Muhammed) via mobiltelefonen som Gad köpt. Han fick anvisningar om vad han skulle fokusera sig på. Det som särskilt intresserade Gad var platsen i centrala tunnelsystemets lägsta punkt- var den var belägen och var korsningen med tunnelbanan var och hur det såg ut. Simon tog fram ritningar på de platserna och skickade dom till en för honom okänd adress i Paris. Nästa steg var hur man skull ta sig ner i tunneln utan att driftcentralenen i Värtan märkte det. Först verkade det omöjligt, men så fick Simon till uppgift att smörja spjällen till luftintaget till tunneln. Då upptäckte han att man kan komma in i tunneln utan att gå via nedstigningsluckorna som var larmade. När han berättade det för Gad fick han beröm. Gad skickade skisser på hur sprängmedlet skulle apteras på rören och i golvet där tunneln korsade tunnelbanan. Han gjorde också upp en lista på material som skulle anskaffas. Den som skulle stå för inköp av material var Levi som ägde godisaffären där dom hade sitt möte vid första stockholmsbesöket, med sin sidoverksamhet som hälare var han mycket lämpad för uppgiften. Han styrdes mindre av ideal och mer av mammon, som han blivit lovad av Gad. Det första han gjorde var att köpa en liten vit skåpbil av märket Berlingo. Han köpte den kontant och registrerade den på en målvakt, vilken sades äga tre hundra bilar och som vistades mest i Thailand. Det hade också den fördelen att det inte spelade någon roll om de fick parkeringsböter. Med hjälp av maskeringstape och en sprejflaska med grön färg textade han och Simon "Bredbands Specialisten" på sidorna av bilen. Simon kunde nu använda bilen privat, utom när han åkte till och från jobbet. Det mesta på Gads inköpslista var enkelt att köpa. I en järnaffär i Södertälje köpte de orange overaller, stövlar och vita hjälmar. På Biltema kunde de köpa en del verktyg och ett batteri samt telefonledning, men den största utmaningen, att få tag i dynamit och tändhattar, hade de inte löst.

När Simon åkte olika ärenden på arbetet brukade han titta efter platser där det pågick sprängningsarbete. Tanken var att han skulle kunna åka in på byggplatsen med Fortums tjänstebil som inte väckte uppmärksamhet och sedan skulle han gå och se var dynamiten förvarades. Om det var möjligt skulle han också stjäla eller lägga undan dynamit som de kunde hämta senare. Han var på flera ställen men i allmänhet var skåpen låsta eller så var det personer i närheten så han kunde inte komma åt dynamiten utan att bli sedd. Vid ett tillfälle var det nära att han lyckats. Det pågick ett byggnadsarbete nära Akalla inte långt från värmeverket som låg där. Han hade några ventiler i bilen som skulle köras till värmeverket. Han svängde in på byggplatsen och körde fram till några containrar som stod öppna. Det var ingen där så han gick runt och tittade i dem, i en av dom stod det ett skåp som var öppet. Han gick fram och tittade och fann att det var flera förpackningar som det stod ”Dynamit” på. Han såg sig omkring, det verkade som det inte var någon som såg honom. Med dunkande hjärta tog han en oöppnad förpackning och började gå mot bilen.”Stopp vad fan gör du” hördes en röst bakom honom. Simon höll på att tappa paketet av förskräckelse. Det var en av sprängarna som kommit, antagligen för att själv hämta sprängmedel. Simon försökte förklara på engelska att de skickat honom för att hämta dynamit i den blå containern för de behövde dynamit vid ombyggnationerna i Hässelby. Sprängaren förstod inte engelska så bra, men han blev lugnare när han såg att det stod Fortum på bilen och Simons overall. ”Ni hämtar ingenting utan rek vision”, sade han surt och tog paketet från Simon. Efter det vågade han inte själv försöka stjäla någon dynamit.

En lördag när Simon arbetat ca två månader på Fortum träffade han Levi i godisaffären. De skulle planera hur de skulle få tag på dynamit och tändhattar. Av Muhammed hade de fått instruktioner att de under inga omständigheter fick köpa av någon ”langare”, det första polisen skulle göra efter sprängningen var att söka efter var dynamiten kom från och i undre värden är tjallare snarare en regel än ett undantag. Simon hade hört på jobbet om ett stort byggjobb med mycket sprängning mellan Nykvarn och Södertälje. Det byggdes en anläggning där det skulle förvaras flis som skulle eldas i Igelstas panncentral som var bara ca fyra mil från Stockholm. Tanken var att de skulle stjäla från byggplatsen. De åkte dit för att rekognosera. Det var inte helt lätt att hitta byggplatsen, den låg innanför ett industriområde vid avfarten till Nykvarn, det låg vid en återvändsgata så det var inte mycket trafik, vilket var bra. Själva byggplatsen var stor som två fotbollsplaner och det syntes att man höll på att spränga bort stora bergsklackar för att få en plan yta. Området var bara delvis inhägnat så de kunde gå omkring på området. Det stod flera containers och en manskapsbod på området utöver det stod också dumpers och grävmaskiner parkerade. En skylt visade att området bevakades av Securitas. De kunde inte se några bevakningskameror så de antog att det innebar att vakter åkte förbi och kontrollerade att allt var lugnt. En container var märkt med firmamärket ”Precision Sprängaren” och de trodde att det var där sprängmedlet förvarades men det låg antagligen inte löst i containern. Det finns regler för att sprängmedel skall förvaras i särskilda säkerhetsskåp. De skåpen hade en konstruktion som liknade kassaskåp. Att försöka bryta sig in i containern och sedan öppna säkerhetsskåpet var uteslutet, de saknade både kompetens och utrustning. Dessutom visste de inte när vakterna skulle komma. De kom fram till att den enda chansen att stjäla dynamiten var under arbetstid, då skåpet förhoppningsvis var öppet. På vägen hem satt de och planerade hur de skulle göra. En dag skulle de på behörigt avstånd i skogen bevaka hur arbetet fungerade. De skulle ligga i skogen på en plats så de kunde se in i containern där dynamiten troligen förvarades. När de kunde rutinerna kunde de bestämma hur själva stölden skulle utföras dagen därpå.

På måndagen frågade Simon sin chef om han kunde vara ledig tisdag och onsdag för han skulle få besök av sina föräldrar. Det var inga problem så han bestämde med Levi att de skulle åka till Nykvarn på tisdag. Det var en fin sensommardag när de åkte för att studera hur sprängningen utfördes. Utrustningen de hade med sig var en bra kikare och en fågelbok som Simon lånat på biblioteket. De tänkte säga att de var fågelskådare om de blev tillfrågade om vad de gjorde i skogen. Genom att köra in vid det nedlagda regementet vid Almnäs kunde de köra nästan fram till byggplatsen utan att deras bil syntes därifrån, de behövde heller inte åka förbi bygget. De fick gå någon kilometer genom en vildvuxen skog. Där hittade de en kulle som var bevuxen med sly och dom hade bra utsikt över byggplatsen. Simon tog fram kikaren och tittade på containern, som hade dörrarna öppna. Han såg genast skåpet som dynamiten förvarades i men skåpet var stängt. Klockan var omkring nio och arbetet pågick för fullt, de räknade till femton man när de räknade med förarna i schaktningsmaskinerna. Sprängningsarbetet gick till så att ett lag om sex man borrade hål i det frilagda berget vilka sedan skulle fyllas med dynamit. Det var tre borrar med två man vid varje maskin och de arbetade på en yta som kunde vara 25x25 m. Under tiden schaktade grävskopan och dumpern bort massorna från den tidigare sprängningen. Sprängmassorna lossades så att en plan yta bildades. Borrningsmomentet tog ca två timmar, sedan flyttades borr riggarna till nästa plats där borrningen skulle påbörjas. Nu kom det mest spännande momentet-hålen skulle laddas. Simon såg i kikaren hur de som borrat gick in i containern, låste upp förvaringsboxen och började bära ut dynamitstavar som de sedan laddade hålen med. De fick gå flera gånger och förvaringsboxen stod nu öppen. En man gick efter och apterade tändhattarna och drog elkablar. Sedan körde maskinerna undan och de som jobbade drog sig undan och ställde sig i skydd av containrarna. En siren tjöt, och marken vibrerade då dynamiten exploderade. Ytterligare en signal markerade faran över. Alla gick nu fram för att se resultatet av sprängningen. Under hela den processen var förvaringsskåpet öppet. Det visade sig att det stod öppet till arbetet avslutades vid fyratiden. Simon och Levi såg på varandra och log, nu visste de hur de skulle gå till väga. På vägen tillbaka diskuterade de hur de skulle göra, de gjorde upp en plan för hur de skulle kunna vistas i området nära containern utan att väcka uppmärksamhet.

Den natten sov Simon dåligt, det var nu som ett brott skulle begås. Han hade aldrig till skillnad från Levi begått något brott och han visste inte hur han skulle reagera i en stressad situation. När han äntligen somnade drömde han att containerns dörr låstes när de var i den. Han vaknade och var svettig. Levi kom och hämtade honom vid åttatiden. På väg till Nykvarn stannade de och köpte en sprejburk med rödfärg. Samtidigt passade de på att ta på sig overaller. De hade också skrivit ut några kartblad över området från datorn. De kom fram till byggplatsen vid tiotiden.

Försedda med varsin axelväska, kartblad och sprejburk började de gå längs vägen förbi byggplatsen. Samtidigt tittade de på kartbladen och pekade på olika punkter på gatan. Borrarbetet var avslutat och man hade börjat ladda hålen. Ingen verkade ta någon notis om vad de gjorde. Bredbandsleverantörer dök upp på varje bygge så det var ingen som reagerade. När laddningen av hålen började bli klar drog de sig mot de uppställda containrarna och när sirenen som markerade sprängningen ljöd gick dom fram till containern med dynamit. De tände en cigarett, Simon såg att hans hand darrade men Levi verkade helt lugn. Marken vibrerade och det hördes ett dån. Sedan hördes sirenen för faran över. De gick snabbt runt till containerns framsida. Ingen var i containern, alla var på väg fram mot sprängningsplatsen. De rusade in i containern och började plocka dynamitstavar ur förvaringsboxen. De rörde inga öppnade paket utan tog oöppnade från olika ställen i förvaringsboxen. De upptäckte också att i ett särskilt fack låg tändhattar som de också tog. Det hela tog bara några minuter. När de kom ut ur containern var alla samlade vid sprängningsplatsen, ingen verkade ha sett dem. Axelväskorna var nu tunga och de fick anstränga sig för att se obesvärade ut då de började gå mot bilen. ”Gå långsamt”, sa Levi, men det var inte lätt. När de kom fram till bilen kastade de in väskorna i bakluckan. Levi instruerade Simon om att köra lugnt så länge de var inom synhåll för byggplatsen. Ingen verkade ha sett dem. När spänningen släppte skrattade båda och dunkade varandra i ryggen. ”Vi klarade det ropade” Levi. ”Vi har dynamit så vi kan spränga hela Stockholm.”

De valde att köra småvägar tillbaka till Stockholm, då de antog att de första vägarna som skulle kontrolleras var E4 och E20. På vägen stannade de i en skogsdunge och tvättade bort firmatexten på bilen med lösningsmedel. När de kom till Sundbyberg gömde de dynamiten och tändhattarna i ett ”hemligt skåp” i godisaffären. Skåpet var antagligen något Levis använt i sin häleriverksamhet. Man fick skruva bort golvet i ett skåp och där under det fanns ett utrymme där dynamit och tändhattar fick plats.

*

När arbetsdagen var slut på byggplatsen i Nykvarn och sprängbasen skulle låsa dynamitskåpet slog det honom att det verkade vara mindre dynamit kvar än han räknat med. Han gjorde ett överslag i huvudet - hur mycket hade de förbrukat i dag? Han räknade dynamiten och fann att det inte skulle räcka veckan ut. Det var märkligt, han hade hämtat dynamit som skulle räcka till måndag men nu såg han att det bara fanns tillräckligt för en dags sprängning till. Var det någon som laddade hålen med mer dynamit än de hade fått anvisningar om? Han måste kolla det men det måste vara så, containern hade varit under uppsikt hela dagen. Han skulle prata med gubbarna i morgon men det var antagligen ingen som skulle erkänna att de gjort fel. Han suckade, det innebar att han måste åka till firman och hämta mer de närmaste dagarna. ”Det måste vara åldern, tänkte han, man kan inte räkna längre.”

Kapitel 6

Simon arbetade hårt den sommaren. Först heltid på Fortum och under helgerna arbetade han i farbroderns pizzeria. Arbetet i pizzabutiken var ganska ansträngande, två man bakade pizzorna och en skötte beställningar och tog betalt. Eftersom Simon inte kunde svenska fick han baka pizzor. Det gjorde han bredvid ugnen så det var väldigt varmt. Han fick dricka mycket vatten under ett arbetspass, men det var god stämning i butiken, de skojade med kunderna särskilt ensamma kvinnor och skrattade mycket. De andra som arbetade där var i Simons ålder. Han hade ändå tid till socialt umgänge, på kvällarna efter jobbet brukade han flanera runt i stockholmscentrum. Han märkte att det var en internationell stad. Han var också på Södermalm och besökte moskén som låg där. På så sätt träffade han många landsmän. En ljum kväll i juni satt han och en kamrat som också var från Marocko och drack kaffe på en servering vid medborgarplatsen. Det var en sådan där kväll när luften fortfarande var varm efter dagens sol och det var vindstilla. Över deras huvud svävade en varmluftsballong med vackra färger. Ibland hördes ett dån då de startade brännaren. Det var mycket liv och rörelse och det var mycket folk på serveringen men vid deras bord var det två lediga platser. Plötsligt frågade en röst på franska om det var ledigt. Simon tittade upp och såg att det var två kvinnor i deras egen ålder. Simon nickade, och de satte sig. En av kvinnorna hade ett ganska alldagligt utseende, mellanblond, lite bohemaktigt klädd. Den andra, hon som tilltalat dem på franska, var i Simons ögon en skönhet. Hon var mörk och hade axellångt hår och bar en vit klänning som passade bra till hennes olivfärgade hy och svarta hår. Simon frågade den mörka, som tilltalat honom på franska, varför hon frågat på franska. Hon log och sade: "Det är mitt modersmål, och du såg ut att prata franska." De skrattade båda två. Den mörka kvinnan hette Cherie och var från Frankrike. Hennes väninna var från Stockholm, och hette Karin. De studerade vid högskolan båda två. Karin studerade till socionom och Cherie studerade språk. Hon tänkte bli språklärare då studierna var klara. Simon hade begränsad erfarenhet av kvinnor, han hade haft några korta förbindelser i Paris men han kände att det här var något helt annat. De började prata och det slog honom genast hur lätt han hade prata med Cherie. De hade Paris som gemensam nämnare, det visade sig att dom inte bodde särskilt långt från varandra. Hon hade kamrater som gått i samma skola som Simon det gjorde att de hade mycket att prata om och tiden gick snabbt. Kvällen slutade med att de gjorde sällskap till tunnelbanan. Simon åkte till Hökarängen och Cherie åkte till Hallonbergen där hon hade en etta som hon hyrde i andra hand. Innan de skildes hade de växlat telefonnummer.

Det var en känsla som var helt ny för Simon, de började träffas så ofta som möjligt. När de inte kunde träffas pratade de i telefon. Den fokusering som Simon haft på "uppdraget" började blekna. Han och Cherie brukade träffas efter arbetet och gå långa promenader, ta färjan från slussen till Djurgården och sedan gå förbi Gröna Lund och fortsätta till Valdemars Udde. Han hade aldrig träffat någon som han tyckte att han kunde prata med om allt. Sommarkvällarna då de träffades var de bästa i Simons liv. Det plågade honom att han inte kunde berätta om "uppdraget" men han kände på sig att Cherie inte skulle förstå. Han försökte, vid ett tillfälle berättade han om sin bror som satt fängslad i Guantanamo och antydde att han måste göra något för att honom fri. Hon lyssnade uppmärksamt, sedan tog hon hans hand och sade "vad mer kan du göra? Han är en vuxen människa och någonstans har han gjort ett val, det är anledningen till att han är där han är." Först blev Simon arg, men sedan måste han erkänna att hon hade rätt.

Anledningen till att Cherie inte åkt till Frankrike under sommarlovet var att hon fått jobb som översättare i ett franskt företag som hade kontor i Stockholm. Hon tyckte att det var bra praktik för hennes studier att jobba med översättning. Samtidigt fick hon relativt bra betalt. När hon träffat Simon fick hon ytterligare en anledning att inte åka hem. Simons tankar var nu bara hos Cherie. Men de hade kommit så långt med planerna om sprängningen att Simon förstod att det var försent att backa ur. Till Cherie sade han att han skulle skriva en avhandling om bergtunnlar och infrastruktur, därför arbetade han under sommaren på Fortum, och efter det skulle han vara kvar och utföra mätningar som skulle redovisas i avhandlingen. Hennes plan var att studera ytterligare ett år, sedan hade hon tillräckligt många poäng för att få ett lärarjobb i Paris. Det innebar att de båda skulle vara tillbaka i Paris om ett halvår- en tanke som tilltalade båda två. De brukade sitta och fantisera om framtiden, var de skulle bo i Paris, vilka jobb de skulle ha.

Han ville hoppa av projektet men Gad kunde driva på Simon genom att påminna honom om brodern som aldrig skulle bli fri och göra antydningar att han genom att hoppa av skulle äventyra flera inblandades säkerhet. Men främst dock genom att övertyga Simon om att planen var idiotsäker. Efter sprängningen skulle inga spår finnas av de inblandade om de skötte sina kort rätt, eller rättare sagt följde hans instruktioner. Han hade en enastående förmåga att dupera unga människor.

Relationen mellan Simon och Cherie blev allt djupare, ofta övernattade Simon i Cheries lägenhet. Han förstod att hon kom från en relativt välbärgad familj i Paris. På moderns sida hade hon rötter i Alger, hennes far var fransman. Han ägde en liten advokatbyrå och Cherie var enda barnet. Att hon var katolik och han muslim tyckte ingen av dem var något problem. Möjligen skulle deras föräldrar ha tyckt det om de blivit tillfrågade. Genom Cherie lärde Simon känna hennes vänner, som Karin och hennes svenska pojkvän. De gick ofta ut tillsammans och trivdes bra i varandras sällskap. En helg åkte de ut i Stockholms skärgård där Karins pojkväns föräldrar hade en sommarstuga. Det var en underbar helg, de åkte i en liten snabb motorbåt som pojkvännen ägde. Färden startade från ett litet pittoreskt samhälle som hette Dalarö där båten låg. Hur han kunde hitta bland alla kobbar och skär utan att gå på grund var en gåta för Simon. Sommarstugan låg på en liten ö som hette Gräsö, resan dit tog ungefär en timme. Att skärgården var så stor hade Simon ingen aning om men pojkvännen berättade att de bara sett en bråkdel av den. Gräsö visade sig vara en liten ö med bara tre sommarstugor, de såg inga andra människor där. Namnet på ön kom antagligen av att ena sidan av ön var grund och det växte vass flera hundra meter ut från ön, den sida där sommarstugan låg var däremot branta klippor som stupade ner i havet. Sommarstugan hade de typiska färgerna för hus i Sverige, rött med vita knutar. Det fanns en öppen spis som man kunde elda både från terrassen och inifrån. Huset var inrett med mycket furu i både möbler och golv. Då de kom fram eldade de i bastun som låg nära bryggan. Därefter badade de, det var första gången Simon badade bastu och han tyckte det var otroligt varmt och sedan kastade de sig i det iskalla vattnet. Det var ett under att hjärtat klarade påfrestningen men det var skönt efteråt. Karin berättade att det var en tradition som kommit från Finland. Efter det satt de på terrassen och grillade och drack vin. De satt och såg solen gå ner i en kaskad av röda moln. Det var en oförglömlig kväll. ”Så här skulle livet alltid vara viskade Simon i Cheries öra,” hon log och kramade hans hand. Simon önskade att den helgen aldrig skulle ta slut.

När Simon och Levi ordnat det svåraste, dynamiten och tändhattar var det bara en lämplig borrmaskin som behövdes. Där de skulle borra fanns eluttag, det hade Simon konstaterat när han arbetade i tunneln. Den typ av borrutrustning de behövde fanns inte på Biltema men de fick instruktioner av Gad vilken typ av borrutrustning som de skulle skaffa. Först sökte de på blocket men den utrustning de sökte hittade de inte. Till slut fick de beställa utrustningen på nätet och var då tvungna att uppge en leveransadress. Simon ville inte blanda in sin farbror mer än nödvändigt så han uppgav godisaffären som leveransadress. De behövde också ett tält av den typ som televerket sätter upp över arbetsplatser när de reparerar kablar. De åkte på kvällarna efter jobbet och tittade efter något som stod så avskilt att det gick att ta utan att någon såg det. Slutligen hittade de ett i Lundas industriområde. Där var det helt dött på kvällen då firmorna stängt så det var enkelt att stjäla. Det visade sig att borrutrustningen var ganska tung och ohanterlig. För att kunna frakta utrustningen behövdes en man till. Simon ville inte att hans farbror skulle vara med så nästa gång han pratade med Gad berättade han att det behövdes en man till för att borra. Gad sade att han skulle undersöka om det fanns någon lämplig person i Stockholmstrakten, han skulle återkomma. Det gick en vecka och Simon började hoppas att projektet skulle läggas ner. Då ringde Gad och berättade att han fått tag i en person som skulle hjälpa dem. De behövde inte veta hans riktiga namn, dom skulle kalla honom Abdul och tanken var att han endast skulle vara med på arbetet med borrningen. Gad arrangerade så att de träffades i godisaffären som hade blivit en naturlig samlingspunkt.

Redan från första början tyckte Simon illa om Abdul. Han hade sett honom vid moskén på Södermalm men låtsades inte om det. Abdul var i trettioårsåldern, av medellängd och mörklagd. Han hade ett välansat skägg som han hade en irriterande ovana att sitta och plocka i när han funderade. Det negativa intrycket berodde på att han var insmickrande och ofta log, men leendet verkade hånfullt och nådde aldrig ögonen, och han flackade med blicken. Det var svårt att få ordentlig ögonkontakt när man pratade med honom. Han berättade inget om sig själv och han ställde inga frågor, det var antagligen instruktioner han fått av Gad men Simon fick en känsla av att Abdul inte bara skulle vara med och borra utan att han samtidigt hade kontakt med Gad. Han sade det till Levi och de kom överens om att Abdul inte skulle få reda på någonting utöver det han måste veta för att hjälpa till med borrningen. De bestämde ett datum när de skulle utföra borrningarna, de skulle påbörja arbetet vid elvatiden, och de hoppades att de skulle hinna borra alla hålen samma natt men ingen av dem visste hur snabbt det gick att borra. Om de inte blev klara fick de fortsätta en annan natt. De gjorde också upp en lista på material som behövdes, som hörselskydd och overall till Abdul. Simon och Levi skulle komma med bilen som var tvåsitsig och de skulle ha all utrustning i bilen, Abdul skulle ansluta sig till dom vid schaktet. I utrustningen ingick ett tält. Det var det de stulit i Lunda. Tältet var så stort att det skulle täcka hela ventilationsgallret och det skulle sedan stå kvar om de skulle dit fler gånger. Den natten som de bestämt sig för att utföra borrningen var mörk och regnig som det ofta är i november. Simon sade till Cherie, som han numera oftast bodde hos, att de skulle utföra temperaturmätningar och han skulle vara borta hela natten.

När Simon och Levi lastade in utrustningen och åkte till schaktet kändes det på något vis som om de överskred en gräns. Nu fanns det ingen återvändo, de var terrorister och de skulle behandlas som sådana om de åkte fast. Abdul var vid schaktet när de anlände dit. De reste tältet över luftintaget och skruvade bort en del av gallerdurken, så långt gick allt bra. När de skulle lyfta ner borrmaskinen visade det att det inte var så enkelt. Tack vare att de nu var tre lyckades dom få ner maskinen i kammaren. Sedan skulle maskinen lyftas genom en lucka i väggen till översta plattformen i stigschaktet. Vid det laget var alla svettiga och Simon började undra om de verkligen skulle hinna med borrningarna på en natt. Trapporna från marknivån och ner till tunneln var också svår och det fordrades att alla tre hjälptes åt för att få ner borren. Väl nere i tunneln var det enklare att bära fram den till den plats som borrningen skulle göras men klockan hade redan blivit ett när de fick borrmaskinen på plats. De hade fått anvisningar av Gad hur de skulle borra. De markerade en rektangel på 1x1m. I varje hörn skulle dom borra ett hål som skulle vara minst ½ m djupt. Sedan skulle de borra ytterligare ett hål lika djupt på rektangelns långsidor. Det var viktigt att hålen borrades snett utåt från rektangelns centrumpunkt, tanken var att man skulle spränga ut en "plugg" som skulle slungas ner i tunnelbanan. Det skulle bli totalt fyra meter som skulle borras i betong. De blev rädda då de började borra, det kändes som oljudet från borren skulle väcka hela staden men Simon som arbetat i tunneln visste att ljudet inte hördes på markytan. De var glada att de tagit med hörselskydd. Att borra det första hålet tog ungefär en timme och de insåg att de inte skulle hinna borra alla hål första natten. Det var ganska arbetsamt att borra, ingen av dem var van vid sådant jobb men genom att turas om att borra kunde de arbeta kontinuerligt. De hann med fem hål första natten. Då hade klockan blivit sex och de vågade inte vara kvar för snart kunde det komma entreprenörer som skulle arbeta i tunneln. För att slippa släpa borrmaskinen i stigschaktet beslöt de sig för att gömma den och komma nästa natt och avsluta borrningen. De hittade ett utrymme bakom rören där de lyckades få in utrustningen. I hålen de borrat satte dom korkar de haft med sig, sedan lade dom stoftet som blivit över vid borrningen över korkarna och hålen var då osynliga. Klockan hade blivit halv sju då de lämnade tunneln. De hade en känsla av att de kommit ganska långt när de åkte hem och alla var inställda på att få det klart så snabbt som möjligt. Nästa natt var de på plats igen och borrade de sista hålen. Som tur var hade ingen upptäckt borrmaskinen. Att få upp den var naturligtvis ännu svårare än att få ner den. De var också trötta och griniga efter två nätter utan sömn. Även om de sovit några timmar på dagen var arbetet tungt och spänningen att riskera att upptäckas gjorde att de haft svårt att sova men allt hade gått bra och Simon fick beröm av Gad när dom pratade i telefonen nästa gång.

Det som skulle göras nu var enligt Gad att de skulle vila sig några dagar, sedan skulle dom gå ner i schaktet igen och dra ledningarna som skulle användas vid sprängningen. I tunneln kunde de lägga ledningarna på kabelstegarna som fanns i taket men i stigschaktet skulle ledningarna dras så att dom inte syntes. Det skulle dras två dubbelledningar, en till pumpgropen och en till korsningen med tunnelbanan. Tanken var att man skulle spränga av ledningen vid lågpunkten och sedan spränga hålet ner till tunnelbanan. Gad sade att det var viktigt att rören sprängdes först, sedan efter några minuter skulle laddningen vid tunnelbanan sprängas. Han förklarade inte varför det var så viktigt.

En vecka senare var Simon och Levi nere i tunneln igen. Nu behövde de inte ha med Abdul och det var Simon glad för. När de slapp släpa på borrmaskinen var det mycket enklare. De hade två ledningsrullar med sig, det var olika färger så de inte skulle ta fel när de genomförde sprängningen. Levi drog kabeln från pumpgropen till stigschaktet och Simon drog ledningen till tunnelbanekorsningen. De var noggranna så att inte ledningarna skulle synas. I närheten av pumpgropen och tunnelbanekorsningen gjorde de en rulle av ledningen så de kunde rulla ut den när de skulle ansluta dynamiten. Uppe i stigschaktet gjorde de också två rullar av ledningen så de kunde rulla ut ledningarna till ventilationskammaren där de skulle stå vid sprängningen. De lämnade tunneln vid sextiden och Simon körde Levi till godisaffären i Sundbyberg. Där bjöd han på kaffe och de slappnade av. Plötsligt svor Levi till, ”väskan”, sade han. Han rusade ut till bilen, men väskan var inte där heller. ”Den måste vara kvar i tunneln,”sa han. ”Vad har du i väskan frågade Simon?” Levi såg förvånad ut, och svarade: ”Verktyg, almanacka anteckningarna hur vi skulle borra.” ”Vi måste hämta den” sa Simon och de sprang till bilen. Morgontrafiken hade börjat så det tog lång tid att komma till stigschaktet. Simon sade att det inte var bra om han följde med för om de mötte någon skulle han bli igenkänd. Levi gick ensam ner i tunneln som han nu hittade i. Simon satt kvar i bilen och rökte nervöst. Efter en ungefär en halvtimme kom Levi upp med axelväskan. Simon såg att han var stressad. ”Kör” sade Levi andfådd. Då de kört en stund sa Simon: ”såg någon dig?” Levi nickade och berättade kort att han mött en som tydligen skulle göra någon ritning och han hade kamera. ”Men han tog inget foto på mig” sade han. Simon tänkte efter, det var antagligen någon konsult och han säger antagligen inget till personalen på Fortum, men nu är vi klara för den här gången. Jag säger inget till Gad, då tycker han vi är klantiga.

Kapitel 7

John Stål arbetade som chef för den konstruktionsgrupp som skötte utbyggnaden av fjärrvärmen i centrala stan och Hässelby. Totalt fanns det tre sådana grupper som hade olika områden i stan. Centrala distriktet begränsades av Kungsholmen och Gamla stan och det sträckte sig innanför tullarna till Värtan. Kontoret han arbetade på låg på Rådmansgatan, två kvarter från tunnelbanestationen med samma namn. Han hade anställts av Stockholm Energi åtta år tidigare men delar av det hade köpts av det finska flaggskeppet Fortum, en affär som säkert Stockholms stad ångrar. Man brukar ju tala om att inte slakta kon som ger mjölk, men det vore olikt politiker att erkänna att de gjort fel. Han hade i alla fall inte sett något som blev bättre efter att Fortum tog över fjärrvärmen, förebyggande underhåll upphörde, nya chefer som tillsattes högre upp i hierarkin hade ofta finska namn och han upplevde att organisationen blivit mer toppstyrd.

John hade börjat arbeta som konstruktör och gjort ritningar och tagit fram tillstånd för utbyggnaden av fjärrvärme, som då var i ett mycket expansivt skede. Efter fem år hade han fått sitt nuvarande jobb som gruppchef, ett jobb som han trivdes med. Hans bakgrund var ganska brokig. Ursprungligen var han född i Karlskrona men uppvuxen i Karlstad. John kom till Stockholm när han var femton år. Han arbetade som skiftgående maskinist och förste maskinist innan han halkade in på fjärrvärmen. I grunden var han maskiningenjör, nyss fyllda trettiosju. Att han blev chef för konstruktionsgruppen berodde uteslutande på att han skötte sina jobb bra när han var konstruktör, det blev aldrig förseningar eller för höga kostnader på de jobben han hade. Han var inte särskilt populär bland de högre cheferna och anledningen var att han brukade ifrågasätta deras beslut, som han ofta tyckte var felaktiga. Sett med chefernas ögon var han helt enkelt obekväm. Det verkade inte troligt att han skulle fortsätta att klättra på karriärstegen men det var han själv medveten om. Bland medarbetare och entreprenörer var han dock omtyckt. John eller snus-John, som han också kallades, var med sina 1,72 något under medellängd och kraftigt byggd. Håret var mellanblont och såg alltid okammat ut, ögonen var väldigt ljusblå. Ett annat kännetecken var mustaschen som han påstod liknade den Douglas Fairbank hade. Eftersom han tränade regelbundet var han i ganska bra fysisk form. Sedan fem år var han lyckligt gift. Det var när han träffade Marketta som han märkte att det inte fungerade så bra med skiftarbete. När de sedan fick Mikael var det inte roligt att gå ner och sätta sig på jobbet en lördagskväll. När Mikael blev större började hans fru arbeta igen och då blev skiftgången ännu mer obekväm, när han arbetade var hon ledig och tvärtom.

Stockholm visade sig från sin sämsta sida när John kom upp från Rådmansgatans tunnelbana denna tisdag i mitten av november. Klockan var halv åtta, det var mörkt och snöblandat regn syntes i belysningen från bilarna som köade på Sveavägen.

Hans arbete var att ansvara för en grupp på fyra konstruktörer och ett varierat antal konsulter som gjorde ritningar och sökte de tillstånd som behövdes för att bygga ut fjärrvärmenätet. De hade det område som var mest utbyggt, det var ganska naturligt eftersom fjärrvärmenätet började byggas ut från Värtan. Tunnelsystemet gick från Värtan och sträckte sig under centrala stan med ett antal förgreningar, en del av tunneln gick till Kungsholmen. På Södermalm fanns ett liknande tunnelsystem men det var inte sammanbyggt med det som gick från Värtan. Tanken var att i framtiden skulle tunneln på Kungsholmen byggas ut och anslutas till tunnelsystemet på Södermalm, eller så skulle det byggas en sjöförlagd ledning från Kungsholmen till Södermalm. Vilket alternativ som skulle väljas för att ansluta Södermalm var inte bestämt.

Då John kom in på kontoret lyste flitens lampa över fikabordet. De satt en stund och pratade om vad de skulle göra under dagen, främst vem som skulle ha bilen. De hade en tjänstebil på fyra man. Gruppen bestod av Tommy Teng som var ca 40 år med ett förflutet som kontrollant på kärnkraftverk, han var bosatt i Uppsala och pendlade till Stockholm. Lena Fast som kom till dem för några år sedan, direkt efter skolan. Johan var lite orolig att hon inte skulle klara den del av jobbet som består av att gå ner ensam i källare för att undersöka om det går att bygga ledningar. Det kan vara ganska obehagligt, John har vid flera tillfällen hittat knark-kvartar men lyckligtvis har invånarna varit ute. Råttor är också något som finns i källarna. Men det visade sig att Lena inte hade några problem med det, nu var hon helt självgående. Vidare ingick Rune Nelman och Bengt Lindman. Rune med ett förflutet som maskinist, de kände varandra sedan tidigare, de hade båda arbetat som maskinister i Sundbybergs värmeverk. Bengt hade tidigare varit rörmokare, men pluggat vidare. Både han och Rune var i trettioårsåldern. Gruppen fungerade bra, och John trodde att det inte bara var han som upplevde det så. Problemet för honom var att när konstruktörerna hade blivit självgående fick de erbjudande om bättre betalda jobb från konsultfirmor och entreprenörer. Det gjorde att de hade stor omsättning på konstruktörerna. Ibland kunde han få känslan av att han arbetade som lärare och inte chef. Hans närmaste chef var Rolf Johansson, han var något äldre än honom och de kom bra överens. Främsta anledningen var att Rolf börjat efter honom och inte lade sig inte i deras arbete. ”Bara allt fungerar får ni sköta er själva” brukade han säga och det var en deal som passade John bra.

De kom överens om att John kunde ta bilen på förmiddagen. Ett arbete som han sköter själv var att förbereda borrning av ett hål från Olov Palmes Gata ner till FV tunneln som går under, sedan skall fjärrvärmeledningar byggas från tunneln upp till marknivå och fördelas runt till omkringliggande kvarter. Det är ett lite ovanligt jobb som han tagit själv. Det var en av fördelarna med att vara chef, han kunde ta de intressantaste jobben själv. När han parkerar bilen på Barnhusgatan har det snöblandade regnet övergått till regn. Hans jobb är att via stigschaktet på skolgården på Norra Latin klättra ner i tunneln som ligger ca sjuttio meter under marknivå. Där skall han planera rördragningen från befintliga ledningar till den punkt där borrhålen till Olov Palmes Gata mynnar ut i tunneln. Sedan skall det göras skisser och mätas så att han i slutänden kan göra en arbetsritning för jobbet. Då det arbetet är klart skall han träffa entreprenörerna på plats och ge dem ritningar och kontaktlistor samt nycklar om det behövs. Det brukar vara två entreprenörer, en rörentreprenör och en byggentreprenör men i detta fall skulle en borrfirma också vara med. Nedgången till stigschaktet är en lucka på skolgården som man öppnar med en särskild nyckel. När luckan öppnas går det ett larm till kontrollrummet i Värtan. När luckan är öppen drar man upp ett staket som skyddar så ingen ramlar ner i hålet. Det finns en kort stege ner till en plattform som ligger ungefär tre meter ner. När man kommer dit skall man ringa på den telefon som sitter där och informera driftcentralenen som sitter i Värtan vem man är, vad man skall göra och hur lång tid det beräknas ta. Då prickas man av som behörig. Då det är klart kan man börja gå ner för den trappa av gallerdurk som leder ner. I det läget är det bra att inte ha anlag för svindel, tittar man ner ser man tunneln som är upplyst ca sextio meter ner. Lyset i denna del av tunneln tänder man på den första nivån. När han kommit ner i tunneln är alla stadens ljud borta. Det hörs bara ett vinande från ventilationen och knäppande från rören som ligger på glidstöd och rör sig då rören expanderar vid temperaturändringar. Luften är varm och fuktig av in läckande vatten från berget. Själva tunneln är ca fem meter bred och 3,5 meter hög. Väggar och tak är råberg. På vissa ställen är det droppstensbildningar i taket. På varje sida av tunneln ligger ett rörpar, med rören ovanför varandra. De vilar på rörstöd som ligger med ett avstånd på ca 10 m från varandra. Rören har en diameter på 600 mm men isoleringen gör att de har en yttre diameter på 800 mm. Utrymmet mellan rören är asfalterat, så denna del av tunneln är körbar. John påbörjar arbetet, skissar, mäter och markerar med rödfärg var han vill att borrhålen skall komma fram i tunnelns tak. Som underlag har han ritningarna från denna del av tunneln. Nästa steg blir att ta dit en mättekniker som skulle mäta in punkten han markerat i tunneltaket med x,y och z koordinater. Sedan kunde man räkna ut i vilken vinkel de skulle borra från kammaren som låg i Olof Palmes gata. John tar också fram sin digitala kamera för att ta bilder som underlättar när han skall göra ritningen. Plötsligt ser han att ljuset tänds i en annan del av tunneln men reagerar inte särskilt på det. Det pågår ofta olika underhållsarbeten i tunneln. När ljuset är tänt ser han att en person är på väg mot honom, han stannar till för att se om det är någon från driften som han känner. Men mannen som kommer mot honom är helt obekant, han är av medellängd, mörkhyad och i fyrtioårsåldern. Han är klädd i en orange overall utan några firmamärken på, Och bär en axelväska. John hälsar på honom och frågar vad han arbetar med. När mannen svarar verkar han nervös eller snarare orolig. Han svarar att det är första gången han är i tunneln. Anledningen är att han arbetar som konsult åt en mätinstrumentfirma och nämner ett namn som John inte uppfattar. Enligt honom skall de montera nya mätinstrument på rören och han söker lämpliga platser att montera dem på. John är lite förvånad att han inte har någon från driften med, egentligen skall det alltid vara två som går ner i tunneln- en regel som han själv inte brytt sig om. De skulle aldrig hinna om de alltid gick två på jobben. De småpratar lite, John förklarar vad han gör i tunneln och tar fram kameran. Främlingen har slappnat av under samtalet men när han får syn på kameran verkade det som han blev stressad. ”Jag måste fortsätta” mumlar han och skyndar vidare i samma riktning som han varit på väg. John drar på munnen. ”Han vill inte vara med på bild” är ett utryck han hört i något TV-program om ekonomiska skojare. Det slog honom att det var konstigt att driften lät människor springa omkring i tunneln, särskilt om det var som han sade första gången han var där. John beslöt att prata med driften om det.

Han avslutar jobbet och lämnar tunneln samma väg som han kommit. Ute regnar det fortfarande. Han åker till kontoret där han parkerar bilen och går direkt till matsalen. Klockan har hunnit bli halv tolv. Som i de flesta personalmatsalar har det blivit så att vissa grupper har egna stambord, John skulle aldrig komma på iden att sätta sig vid det bord elektrikerna sitter. Han spanar för att se om det är någon i hans grupp där men han ser ingen så han sätter sig vid samma bord som säkerhetschefen som han känner. Han heter Bengt Hedström och var Johans kompanichef då han gjorde lumpen i Gävle. Han är en stor och lugn norrlänning som inte ägnar sig åt översitteri. John hade inte särskilt bra relationer till befälen i det militära, man kan säga att de gav översitteriet ett ansikte men med just Bengt var det annorlunda, han hade det de andra saknade: sunt förnuft. Det kanske var anledningen att han slutade sin militära bana. Han var löjtnant men hann bli kapten innan han slutade och tog mer välbetalda arbeten med säkerhetsfrågor på olika företag. Sedan några år är han säkerhetschef, ett bra och antagligen ganska välbetalt jobb. "Man behöver ju inte sova under någon jävla gran," som han själv utryckte det. De sitter några till vid bordet som John bara känner till utseendet. Dom pratar om lite av varje och John berättar om jobbet vid Norra Latin. Han nämner också att han mött en kille som skulle installera mätinstrument och att denne fick gå omkring ensam i tunneln när det var första gången han var där. Bengt lyssnade men sade bara: "jag skall kolla det, jag återkommer". Vid tretiden satt John framför datorn och gjorde en ritning då Bengt ringde. "Det är märkligt," sade han." Jag har varit i kontrollrummet och kollat loggarna för tunnelarbete men den enda som var där under förmiddagen var du." De diskuterar en stund om hur den mystiske besökaren kunde komma in i tunneln utan att larmet gått till driften i Värtan. Bengt frågar om de gemensamt kan besöka platsen där John såg främlingen och han lovar att säga till honom nästa gång han skall ner i schaktet. Samtidigt lovar John att prata med driftchefen om han visste något om byte av mätutrustning i tunneln. Några veckor senare var arbetet med borrningen påbörjat. John och Bengt träffades på skolgården vid Norra Latin. John visade var han träffat besökaren och i vilken riktning han gått. Bengt föreslog att de skulle kontrollera både platsen främlingen kom från och platsen han troligen var på väg mot. De började med att gå mot den plats han kom från. Efter några hundra meter kom de till lågpunkten i tunnelsystemet. Där var en bassäng gjuten där in läckande vatten från tunneln pumpades till dagvattennätet. Där satt också två stora katastrofpumpar som skulle starta och pumpa ut fjärrvärmevatten om det blev rörbrott i tunneln. Vilka var konstruerade för att klara höga temperaturer där fanns också elskåp för styrning och övervakning av pumparna. Vid en översvämning startade de automatiskt. John beskrev för Bengt hur det fungerade. Han funderade en stund sedan sa han ”ska man göra ett sabotage, så skulle detta vara den bästa platsen.” De gick runt och tittade men allt verkade vara som vanligt med undantag av att isolering på framledningarna var borttaget på en sträcka på ca en halv meter. Det stämde med vad besökaren sagt, skall man montera mätutrustning tar man först bort isoleringen. Enda felet var att när John frågat driftchefen visste han inget om någon ny mätutrustning. När de gick åt andra hållet, dit besökaren var på väg, kom de bara till nya stigschakt med trappor som gick upp till marknivå. Senare, när de var klara och återvänt till skolgården på Norra Latin, beslöt de att gå och fika. Medan de fikade beklagade sig Bengt över att han inte hade kontroll över tunneln. Han hade försökt få pengar av Fortum för att installera övervakningskameror på några ställen. Men Fortum hade andra prioriteringar, som att anställa nya ekonomer. John höll med honom och han berättade att han varit på Fortums huvudkontor i Helsingfors. Det är en pampig byggnad, de har till och med ett litet vattenfall i entrén." Ja vattenfall har de råd med men inte en normal övervakning i tunnel", suckade Bengt. "Fortum är ett finskt företag, de ser bara Stockholm som en mjölkko där de skall tjäna pengar, se på fjärrvärmetaxan den är bland de högsta i landet. Dom ignorerar om Svenskarna blir förbannade, det är antagligen bara en merit i Finland," sade han. John föreslog att Bengt på nästa ledningsmöte skulle ta upp denna incident. Han kunde gärna hänvisa till honom.

Julen närmade sig. Julklappar skulle köpas och julmat skulle lagas men i år behövdes det inte så mycket julmat för John hade beslutat att tillbringa julafton och juldagen hos sina föräldrar i Heby. Det ligger ungefär tolv mil från Stockholm och närmaste stad är Sala som ligger ungefär en mil bortom Heby. Nu för tiden har samhället bara några tusen invånare, de flesta är pensionärer. Hans fru Marketta och deras tolvåriga son Mikael såg fram mot att åka dit. Johns föräldrar var sedan några år pensionärer och hade rustat upp sin sommarstuga som låg där och flyttat dit. Det blev en fin jul, alla verkade nöjda med sina julklappar och Johns mor hade som vanligt lyckats med julmaten. De gick till och med i julottan, något som de inte gjort på många år. På juldagen gick hela familjen en promenad runt i det lilla samhället som är, eller varit, kändt för sin tegeltillverkning. När de stod utanför disponentvillan som låg i anknytning till tegelbruksområdet kunde de föreställa sig strömmen av tegelbruksarbetare som passerade vid skiftbytena under överseende av disponenten. Nu är det andra tider och man ser nästan inga människor som är ute. I dag är det bara ett tegelbruk kvar men det har varit sex stycken som mest. Hela Heby är ett stycke Svensk industrihistoria som nu försvinner. Det var platser som Heby som byggde det Svenska folkhemmet, i dag verkar det som alla jobb består av att knappa på datorer men man kan inte tillverka en tegelpanna med en dator. Det hade blivit en riktig vit jul med snö som knarrade under fötterna när man gick. Familjen hade beslutat sig för att stanna till annandagen. På juldagskvällen satt de runt brasan och Johns föräldrar berättade om sina jular då de växte upp. John hade hört historierna tidigare men det var trevligt att höra dem igen och för Mikael var det nytt. Föräldrarnas minnen från sina barndoms jular skilde sig mycket från de jular John upplevt och troligen skulle Mikaels minnen av julen skilja sig lika mycket från de jular han upplevt i sin tur.

Efter jul och nyårshelgen är det en lång period utan helgdagar, det var mörkt då han gick till jobbet och det var mörkt när han kom på kvällen. Någon solresa var inte att tänka på för det gick inte att få ledigt för Mikael i skolan. Marketta hade också börjat som socialsekreterare i Jordbro, en stadsdel med mycket sociala problem och hon ville inte vara borta den första tiden.

De bodde i ett radhusområde i Haninge, nära Tyresta naturreservat. Under helgerna promenerade de, eller om det gick, åkte skidor i naturreservatet. En kväll i veckan tränade John i träningslokal som fanns på jobbet. Det var Bengt Hedström som höll i den verksamheten. Där brukade de ses för Bengt tränade också. En fördel att ha goda kontakter med Bengt var att han köpte träningsredskap som var lite udda. I Johns tidiga ungdom hade han boxats så han hade fått Bengt att köpa en sandsäck som nästan bara John använde.

När John började jobba efter Jul och nyårsledigheten hade vintern kommit på allvar och det låg meterhöga drivor med snö längs trottoarerna. Under den perioden brukade konstruktionsavdelningen inte påbörja några större jobb men i gengäld var det många akuta utryckningar i form av läckage på ledningsnätet. Under den tiden brukade de också planera större jobb som skulle göras under sommaren. Det var också mycket arbete med att göra årsupphandlingar av material, konsulttjänster och bygg och rörentreprenörer. När John tränade första veckan efter helgerna träffade han Bengt Hedström i träningslokalen. Bengt berättade att han informerat styrelsen om att det varit okända personer i tunneln och att han hade hänvisat till John om de ville ha ytterligare uppgifter. I samband med det hade han lämnat ett förslag om att ha kameror i alla ingångar, nedgångar och inkörsportar så att de som skulle gå ner i tunneln kunde kontrolleras från kontrollrummet i Värtan men han visste inte om förslaget skulle godkännas.

Kapitel 8

Det hade hunnit bli november och nu återstod bara att vänta. Simon hade kommit överens med Gad att sprängningen skulle ske i januari då de kallaste dagarna brukade inträffa. Under julhelgen åkte han hem och hälsade på sina föräldrar. Det var ett halvår sedan Simon träffat dem och han tyckte att de åldrats mycket. Han förstod att de tog Karims inspärrning på Guantanamo hårt. Särskilt hans mor hade blivit tyst och inbunden. Ingen pratade om det utan alla låtsades som Karim inte fanns, men när släkten var samlad på en middag började hans mor gråta och lämnade rummet. Det blev pinsamt tyst och alla tänkte på Karim. Det stärkte Simons beslut att genomföra sprängningen och försöka få brodern fri. Simon hade sagt till sina föräldrar att han samlade material till en avhandling och att han skulle återvända till Stockholm efter helgerna. Han nämnde att han träffat en flicka men att hon var kvar i Stockholm. Han träffade också Gad i hemlighet, Simon fick noggrant redogöra för allt som hade hänt men han utlämnade att Levi glömt väskan. Gad berättade att Al-Qaida kände till operationen och förberedde sig för att gå ut med budskapet att sprängningarna kommer att fortsätta till Guantanamo stängs och fångarna friges. Han överlämnade också ett kuvert med pengar: ”reserv pengar du kan behöva när du lämnar Sverige.” Sedan kramade han Simon när de skildes och viskade i hans öra: ”Du är Allas svärd, du är beundrad av alla Muslimer.”

Det var skönt att komma till Stockholm och träffa Cherie. Han märkte att hon också saknat honom. Den första kvällen de var tillsammans sade Simon att de skulle äta ute, han hade beställt bord på en restaurang i Sundbyberg, dit det var gångavstånd. ”Varför skall vi äta ute?” undrade Cherie. ”Vi skall fira sade Simon.” ”Vad skall vi fira” undrade Cherie, men han vägrade säga mer. De promenerade till restaurangen, det tog ungefär tjugo minuter. Det var skönt att komma in i restaurangens ombonade värme för det var ganska kallt och blåsigt ute. När de slagit sig ner vid ett fönsterbord och gjort beställningarna kunde Cherie inte bärga sig längre; ”Vad är det vi firar?” sade hon. Simon log och tog upp ett litet paket ur fickan och sade: ”Den här,” och gav henne paketet. Cherie öppnade paketet och i låg en guldring. Hon såg frågande på Simon. ”Jag har också en” sade han, och satte en ring på fingret. Cherie tittade på honom och han såg att hon hade tårar i ögonen. ”Jag trodde att du också ville förlova dig,” sade han förvirrat. Hon tog hans hand och sade tyst:” jag har drömt om det här, jag gråter för jag är så lycklig.”

Vintern hade nu kommit på riktigt och Simon följde väderleksrapporten noggrant men den riktiga kylan ville inte infinna sig. De passade på att göra sig av med allt som de inte skulle använda mer. Borrmaskinen kastade de i en sjö, trots att den kostat nästan tio tusen kronor. Bilen som de använt kunde inte spåras, så dom beslöt att placera den på någon plats där den förhoppningsvis skulle bli stulen. Att som de flesta rånare tända eld på flyktbilen var att väcka onödig uppmärksamhet. Nu återstod bara att vänta på kylan. På Fortum följde planeringsavdelningen väderleksrapporterna, även de väntade på kylan.

Så kom meddelandet som alla väntat på: enligt väderleksrapporten skulle det bli en period med temperaturer ned mot tjugo grader. Simon ringde runt på den ”hemliga telefonen” och sade:” Detta är sista samtalet.” Alla visste vad de skulle göra. Ingen mer telefontrafik över ”hemliga telefonerna”. De tog ut SIM-korten, och kastade dem för sig. Telefonerna slog de sönder och kastade på en annan plats. Nu fanns det ingen återvändo, nu måste det ske. Simon sade till Cherie att det var sista avläsningen som skulle göras nu när temperaturerna väntades stiga. Han skulle inte komma förrän på morgonen. Cherie som blivit van vid att han arbetade på nätterna sade att han skulle komma så snabbt som möjligt så skulle de kunna äta frukost innan hon åkte till skolan. Vid niotiden kom Simon till Levis affär och hämtade Levi och sprängmedel samt en del övrig utrustning som de skulle behöva. De körde under tystnad till stigschaktet-båda satt och funderade över framtiden. De märkte att det knappast var några ute på grund av kylan, det var bra. De tog utrustningen i var sin väska och gick in i stigschaktet, de hade nu fått en viss vana att röra sig i tunnelsystemet. Först gick de till tunnelbanekorsningen. Dom sopade av golvet och drog ut korkarna som de använt till att plugga hålen. Sedan stoppade de två dynamitstavar i varje hål. Med en pinne gjorde de ett hål i den övre staven och stoppade i tändhatten. Tändhattarnas el-trådar kopplades sedan samman med elkablar som drogs upp till taket på tunneln, uppe på kabelstegen som gick i taket. Där kopplades de samman med den kabel som de dragit tidigare. När de var klara med det fyllde de hålen med silikon. Tanken var att det skulle stoppa mot det heta vattnet några minuter innan sprängning nr två utfördes. När dom var klara med det pressade dom ner kablarna mot golvet och öste sand och grus över så de inte skulle synas om det kom någon förbi före sprängningen. Därefter var det nästan omöjligt att se att någon varit där. Jobbet hade tagit nästan två timmar så de skyndade vidare till lågpunkten där dynamiten skulle monteras på rören. Det fanns två rörpar, ett på var sida i tunneln. De skalade bort en bit isolering före ventilerna på båda framledningarna. Sedan buntade de samman fem dynamitstavar med två tändhattar instuckna i stavarna. Därefter lindade de hela paketet med silvertape. Varpå de lade paketet dikt mot röret på den sidan som var mot bergväggen och lindade ytterligare silvertape runt röret och dynamitpaketet. De använde flera rullar tape så paketet satt ordentligt. Nu återstod bara att dra el-ledningar och sätta tillbaka isoleringen provisoriskt. Klockan hade nu blivit fyra och de skyndade tillbaka till bilen. Sprängningen skulle ske mellan åtta och nio på morgonen när det var mest folk i rörelse. Det var flera timmar kvar och de ville inte sitta i bilen så länge så dom åkte till ett café som hade nattöppet och var livligt frekventerat av taxiförare. De tog var sin smörgås och en kopp kaffe. Båda kände sig spända och nervösa men var inte så konstigt. Om några timmar kunde de vara Europas, kanske världens mest efterspanade terrorister. Genom att ta påfyllning och bläddra i morgontidningen fick de tiden att gå. Vid sjutiden gick de och satte sig i bilen och körde runt planlöst i den vaknande staden. Det verkade bli en ny kall dag, avgaserna från bilarna bildade moln över bilköerna som började bildas. Vid åttatiden körde de fram till stigschaktet. De satt kvar och rökte en cigarett för att se om det var något som tydde på att de blivit upptäckta men allt verkade lugnt.

När de klev ur bilen slog kylan mot dem. Batteriet som de skulle använda för att ansluta detonatorerna hade dom redan ställt i luftintaget så det var bara att klättra ner på den lilla stegen som dom ställt vid gallret. När de kom ner satte de sig på huk med batteriet mellan sig och de två kablarna med olika färger som dom dragit genom luckan ut till luftintaget. Simon tittade på klockan, den var halv nio. ”Är du klar,” sade han till Levi, utan att veta vad han skulle vara klar med. Levi nickade. Simon kände sig torr i munnen och pulsen dunkade. Han märkte att händerna darrade när han lindade koppartråden runt batteriets pluspol och sedan anslöt han minuspolen. Inget hände. De tittade på varandra. Simon skulle säga något då hördes ett avlägset muller som växte i styrka. Det började blåsa in genom luckan till schaktet. Blåsten övergick till orkan; sand och ånga strömmade ut från luckan och svepte in dem i ett moln, tältet som stod över ventilationsgallret fladdrade av vinddraget. Simon och Levi fick skydda ögonen mot sand som virvlade i luften. Levi lutade sig mot Simon och skrek för att överrösta dånet;" Skall vi koppla den andra och sticka?" Simon nickade och försökte ansluta de kablar som gick till tunnelbanekorsningen. Det var inte lätt men slutligen lyckades han linda kablarna runt vardera polerna på batteriet och han snarare kände än hörde ytterligare en detonation. Det var inte lätt att hitta stegen och klättra ut genom det lilla hål där gallret var borttaget. Värmen av ångan steg också hela tiden och det var omöjligt att se något för ångmolnet i den kalla luften men de lyckades ta sig ut. Båda hade fått sand i ögonen så de hade svårt att se och orientera sig.

Kapitel 9

Irena Jernstedt hade bott i Sverige i fyra år och hade inga planer på att flytta. Hon kom från en stad som hette Hrodna, som låg i Vitryssland nära gränsen till Polen. Sverige var inget drömland men om man skulle jämföra med vad hon kom från så var möjligheterna oändligt mycket bättre att få en bra framtid här än i Vitryssland. Anledningen till att hon hamnat i Stockholm var, som så ofta, kärleken. Hon hade arbetat på en matservering i Hrodna, den låg vid genomfartsleden som gick till Polen och var välbesökt av lastbilschaufförer. Där hade hon träffat Bertil som var långtradarchaufför och brukade stanna där och äta när han körde mellan Stockholm och Vitryssland. Irena hade varit duktig i skolan och hade lärt sig engelska, det var det som gjort att hon fått jobbet. Det gjorde också att de kunde prata redan från första början. Då de träffades var hon arton och Bertil tjugofem år. Bertil var värds van och hade gott om pengar, något som imponerade på henne. Hon var uppvuxen i en fattig familj där mat på bordet inte var en självklarhet. När Bertil kom bjöd han på dyra restauranger som hon aldrig haft råd att gå på. Han kom också dit under sin semester och då bodde de på hotell. Hon ville inte att han skulle komma hem till henne eftersom hon skämdes för deras trångboddhet och fattigdom.

Då de hade varit ett par i ungefär ett år blev hon gravid. Båda gladdes åt det och de beslöt sig för att gifta sig så snabbt som möjligt. Hon flyttade till Bertils lägenhet i Akalla. Det var spännande att komma till Sverige. Allt verkade så välordnat här och alla verkade vara så rika. Visst var det tråkigt att Bertil var borta flera dagar i sträck men då hon fött en flicka hade hon fullt upp ändå. Hon hade bra språksinne och tog alla chanser att lära sig språket så hon läste ”Svenska för invandrare” och redan efter ett år kunde hon svenska. Inte flytande men så hon klarade sig. Hon fick också lära känna en annan sida hos Bertil. När de träffades i Hrodna arbetade Bertil, han kom med långtradaren och han skulle snart åka. Det gjorde att han var mycket måttlig med spriten under den tiden. Det var något hon uppskattade för i Vitryssland var spriten ett gissel. Hennes far och bröder var ofta berusade och det var mycket bråk hemma av den anledningen. Nu var Bertil emellertid hemma flera dagar i sträck efter en långkörning och då arbetade han inte. Sprit flödade för långtradarchaufförer som körde på öststaterna, så efter en tid började han dricka allt mer under sina ledigheter. Hon var mycket försiktig med spriten och hade i början överseende med honom, han arbetade ju så hårt att han måste få koppla av. Men supandet eskalerade för Bertil var populär bland det törstiga klientelet i Akalla, han var välförsedd med sprit som han köpt billigt på sina resor.

Deras hem blev efter en tid ett tillhåll för missbrukare. Det kom en tid när hon såg fram mot hans resor så hon slapp hans kompisar, cigarettröken och fyllebråken. När hon varit två år i Sverige och de fått ytterligare ett barn gav hon honom ett ultimatum. ”Slutar du inte att supa och dra hit dina fyller kompisar så kommer jag att skilja mig." Han lovade bättring men inget hände. Till slut gick hon till socialen och beskrev situationen. Efter många turer slutade det med att hon och barnen fick behålla lägenheten och Bertil fick flytta. Vid det laget hade kärleken förvandlats till hat. Han hörde inte av sig när han flyttat, hon visste inte ens vart han flyttat. Han var inte ens intresserad av att ha kontakt med barnen. Underhållet kom bara sporadiskt så Irena fick åter gå till socialen för att få ut underhållet. Men Irena var en stark kvinna, hon tänkte inte bli något socialfall i förorten. Hennes svenska var nu bra, hon kunde till och med skriva utan allt för många fel. Hon gick till arbetsförmedlingen. De kunde ordna praktikjobb men det ville hon inte ha, hon ville ha ett riktigt jobb med en riktig lön. Varje morgon tittade hon noga i tidningen efter jobb och på arbetsförmedlingen fick hon gå in på deras dator och söka jobb. Till slut fick hon napp, det var som hotellstäderska på ett hotell som låg alldeles vid Centralstationen. Det var inget fint jobb, men någonstans skall man börja och hon var inte rädd för att arbeta.

Denna kalla vintermorgon var Irena på väg till sin första arbetsdag i Sverige. Hon var glad för hon hade fått förtur på dagis så båda barnen, som redan var inskolade, var där. Klockan var ungefär åtta när hon gick in på tunnelbanestationen i Akalla. Vid den tiden har den värsta rusningen avtagit så hon fick en sittplats vid fönstret. Redan vid Kista var tunnelbanevagnen full, hon var glad att hon bodde vid en ändhållplats så att hon nästan alltid fick sittplats.

Under resans gång kom det flera tiggare med foton på barn, som naturligtvis var mycket sjuka, och tiggde pengar. Irena misstänkte att en del av dem kom från samma land som hon. Hon gav aldrig något till dem. Vid ett tillfälle hade hon sagt på ryska till en tiggare som såg ut att vara ryss:" är det inte enklare att jobba?" Men han hade bara skyndat bort. När tunnelbanetåget kom till Västra Skogen var vagnen nästan full. På sätet mitt emot henne satt en kvinna i hennes egen ålder med två små barn. Barnen var pojkar i fyraårsåldern, kanske tvillingar. Dom tittade oblygt på henne, mamman sade till dem att man stirrar inte på människor. Irena log och sade att det gör inget. Vid Fridhemsplan gick det av många, men vagnen fylldes av nya stressade människor. Hon tittade på klockan, resan hade gått fortare än hon trott. Men än var hon inte framme, det brukade bli mer stopp närmare Centralen. Då de passerat Rådhuset började hon plocka hop sina saker och förbereda sig för att gå av. Då stannade tåget och en röst sade något i högtalaren, hon hörde inte vad. Tåget rullade några meter och stannade igen, ett nytt ohörbart meddelande hördes i högtalaren.

Plötsligt skakar tåget till och det hörs ett öronbedövande dån från bakre delen av tåget. Efter dånet hörs ett kraftigt ljud som lät som forsande vatten. På några sekunder täcks alla fönster med imma. Ljuset slocknar, men nödbelysning tänds snabbt. Människorna sitter som lamslagna i det i det blåaktiga ljuset. En kvinna skriker: "vi har krockat." Någon lyckas dra ner ett fönster men stänger det snabbt när ånga väller in i vagnen. Irena sitter nära fönstret, hon försöker torka bort imman för att se ut men det går inte för imman är på utsidan. Hon känner att fönstret är varmt, det strålar värme mot henne. Någon ropar: ”Vi måste sitta kvar i vagnen, det är rök som kan vara giftig utanför.” Irena ser att tvillingarna på sätet mitt emot klamrar sig fast vid sin mor. Hon tänker på sina egna barn, en tanke far genom hennes huvud. ”Hur skall de klara sig i ett främmande land om det händer henne något.” Plötsligt skriker någon i bakre delen av vagnen: ”Det kommer in varmt vatten under dörren.” Alla som står upp rusar mot främre delen av vagnen men de finner att det kommer in vatten under alla dörrarna där också. Vattnet är så varmt att de som inte hinner undan bränner sig och vagnen fylls av vattenånga. Nu bryter paniken ut på allvar, folk klättrar, knuffas och skriker. Någon ramlar i det heta vattnet och skriker hjärtskärande. Det utspelas scener som kunde varit hämtade ur Dantes Inferno. Irena har rest sig och står på sätet och håller i hatthyllan. I ögonvrån ser hon att kvinnan med tvillingarna försöker stå på sätet med båda barnen i famnen. Det ser ut som om hon skulle tappa balansen när som helst. Irena sträcker sig fram och tar ett av barnens så kvinnan har en hand fri att hålla i hatthyllan. Barnet i Irenas famn skriker först men hon pratar tröstande på ryska och då tystnar barnet. Modern ser tacksamt på henne och säger något som inte hörs för alla skrik. Vattnet fortsätter obevekligt att stiga, det står nu en halvmeter över golvet och ångan är så tät att man knappast ser handen framför sig. En man får upp ett fönster och försöker klättra upp på taket på vagnen men han tappar taget och faller ner i det kokheta vattnet som nu är meterhögt i tunneln. Värmen stiger hela tiden och det är nu outhärdligt. Plötsligt slocknar nödbelysningen, mörkret lägger sig som en svart filt över de kämpande människorna. Irena känner den lilla kroppen i hennes famn darra, hon kramar honom. Irene förstår att hon inte har många minuter kvar att leva, hon kommer aldrig att se sina barn igen. Värmen och syrebristen i vagnen gör henne yr. Hon känner en brännande smärta i fötterna och försöker placera dem på ryggstödet men det är svårt med ett barn i famnen. Plötsligt lossnar hatthyllan, allt för många har hängt i den. Hon faller, med det främmande barnet i famnen, ned i det kokheta vattnet. Hon fick aldrig träffa sina barn mer.

Kapitel 10

Ungefär var tredje år utför planeringsavdelningen en mätning på fjärrvärmenätet, dels när nätet är maxbelastat och dels vid min last på sommaren. Det går till så att innan mätningarna påbörjas monteras kalibrerade tryck och temperaturmätare på ett tiotal mätpunkter i tunnelsystemet, sedan skriver man av mätarna var femte minut under en timme. Mätningen görs mellan åtta och nio på morgonen då det är max last på nätet. De mätvärden man får matas sedan in i det datasystem som användes för att dimensionera nätet. För att göra mätningen när det är så kallt som möjligt följer planeringsavdelningen väderprognoserna och när det ser ut att bli en kall morgon informeras alla mätkontrollanterna att det är dags. Mätkontrollanter är de som normalt sitter på kontoret. Det fordras tjugo man, två vid varje mätpunkt. Johns grupp bidrog med två mät grupper, Lena och Tommy var en grupp och han och Rune var en grupp. John och Rune hade fått en punkt nära Värtan som hade den fördelen att man kunde köra ner med bil.

Den morgonen då de skulle göra mätningarna visade det sig att planeringen prickat rätt, det var 19 grader kallt och klart. Det var olustigt att skrapa bilrutor och sätta sig i en iskall bil- lagom till dom kom tills nerfarten nära Värtan hade bilen blivit varm. Det enda de behövde ha med sig var protokoll och penna samt ficklampor. Nerfarten i schaktet bestod av en elmanövrerad port, liknande en stor garageport som satt i en utsprängning i berget. Direkt efter att man kom in i tunneln var det en kurva på ca 45 grader och efter den var det en brant nerförsbacke som var ca 200 m lång. I slutet av backen anslöt sig schaktet till den egentliga rörtunneln. Det var också en vänd ort som var utsprängd i berget. Normalt kördes material in med bil, sedan lastade man om i vänd orten och körde material vidare med en liten transportvagn som gick på räls. Denna del av tunneln var inte körbar med bil. Deras mätpunkt var vid vänd orten och de kom dit när klockan tio minuter i åtta. John vände bilen och Rune kollade att mätarna var på plats. Kontrasten mellan kylan ute och värmen i tunneln var stor. De fick ta av sig jackorna för att inte börja svettas. De delade upp arbetet så en lyste med ficklampa och en skrev. Temperaturen var ovanligt hög, den låg på 102 grader vid första mätningen. Trycket låg på 15 bar på framledningen och 12 bar på returledningen, var ett ganska normalt tryck. Tiden släpade sig fram och när en halvtimme gått satte John sig i bilen och försökte få in någon radiokanal på bilradion. Det gick naturligtvis inte, mottagningsförhållandena är inte så bra femtio-sextio meter under jorden, inte heller mobiltelefonen fungerar i tunneln.

När han klev ur bilen hördes ett avlägset dån från tunnelns innandöme och det började blåsa inifrån tunneln. Dånet ökade i styrka och det som varit ett susande i rören steg till ett öronbedövande tjut. Rören började vibrera och röra sig på glidstöden. Rune och John stod som förlamade. Sedan tittade de på varandra. ”Vad fan är det som händer?” Mumlade

Rune. Plötsligt släppte förlamningen. ”In i bilen,” skrek John. ”Det måste vara ett rörbrott, vi måste ut ur tunneln innan vi blir kokta.” Dånet hade nu stegrats så det var omöjligt att göra sig hörd. De kastade sig in i bilen och John rivstartade och med gasen i botten sladdade han in i utfartstunneln. Backen var brant och lång, för lång. Dånet ökade och det kändes som det var omöjligt att få upp farten på bilen trots att han hade gasen i botten. Rune försökte överrösta dånet och skrek ”fan, porten är stängd”. I backspegeln såg John lysrören i tunneltaket som ett pärlband som gick ner mot vänd orten. Plötsligt såg han att lysrören som var längst bort slocknade, ett efter ett. En svart vägg av damm och ånga rusade mot dem från tunnelns innandöme. De närmade sig den skarpa kurvan före porten. I backspegeln såg de den svarta väggen rusa mot sig. Samtidigt som de kom fram till kurvan kändes det som en jätte grep tag i bilen, den kastades framåt och kanade mot väggen så att alla fönster på vänster sida splittrades. John hade inte längre kontroll över bilen men efter att ha studsat mot väggen landade den på körbanan igen. Både han och Rune var omskakade av smällen mot berget och genom de trasiga fönstren vällde det in damm och het ånga så de blev helt desorienterade. Bilen fortsatte att rulla, antingen för att motorn gick eller att den följde med tryckvågen. Plötsligt hördes det ytterligare ett brak som överröstade dånet och det blev ljusare framför dem. Det visade sig sedan att det var porten som slitits bort av tryckvågen. Bilen som fortfarande hade fart rullade ut på grusplanen som var utanför porten. Den blev stående några meter från tunnelmynningen, i molnet som välvde ut ur tunneln. ”Fort vi måste ut,” skrek John åt Rune, som verkade apatisk. Hans dörr gick inte att öppna så han skrek åt Rune: ”Öppna dörren för fan.” Rune stirrade oförstående på honom. Då böjde John sig över honom och öppnade dörren. Värmen från ångan slog mot dem som en vägg. Men de måste ut, John grep tag i Rune och med den desperates kraft tryckte han ut honom genom dörren samtidigt som han kröp efter honom ut ur bilen. De blev båda liggande utanför bilen. John vet fortfarande inte riktigt vad som hände men genom att krypa och delvis släpa Rune kom de ut ur molnet. Hur länge de låg vet han inte men den kalla luften fick dem att kvickna till. De reste sig på darriga ben och vacklade undan från det inferno de just lämnat. De blev stående och John kände sig illamående och började kräkas. Även Rune var i ett bedrövligt skick, under smutslagret kunde man se att han var vit i ansiktet. ”Fan vad du ser ut” sa John i ett försök att få honom att reagera. Rune tittade på honom och sade, ”du skulle se dig själv.” Då upptäckte John att halva ansiktet var blodigt, liksom hans vänster hand. Det var splitter från fönstret som han träffats av i samband med att de åkte in i tunnelväggen. Han kände att det satt splitter i huden men som tur var hade ögonen klarat sig. Utöver det gjorde det ont när han andades, han antog att något revben skadats då de kastades mot instrumentbrädan i samband med krocken. De hade inte hunnit få på sig säkerhetsbältena. Hur hade det gått för de andra arton som var i tunneln? Dom hade ingen bil att köra ut med. Dom måste evakuera tunneln via lejdarna i stigschaktet. De var antagligen närmare platsen för rörbrottet, så det verkade otroligt att någon av dom överlevt. Det var tankar som for genom Johns huvud.Bilen stod mitt i molnet som vällde ut genom porten. John försökte gå på ”läsidan” av bilen och lyckades få upp dörren på förarsidan. Han satte sig i bilen och försökte starta den men den var helt död. ”Bilen är ett vrak, vi måste gå till Värtaverket,” sade han. ”Det är bara någon kilometer dit, klarar du det?” Rune nickade och de började gå, men det blev en mycket lång vandring och efter ett tag försökte dom stoppa bilar som körde förbi men ingen stannade. Efteråt förstod de att i den upptrissade stämningen trodde folk i bilarna att de var terrorister som försökte kapa bilar. Det är svårt att uppskatta hur lång tid det tog för dem att nå fram till Värtan. De gick långsamt och John måste vänta på Rune som verkade vara mer illa däran än han. Det började ljusna och de hörde sirener från flera håll. Då de tittade in mot staden täcktes himlen av ett dis. Rune stannade och kräktes flera gånger, John var också illamående men kunde ändå inte kräkas mer. Vid ingången till Värtan var det rena kaoset, polisbilar, brandbilar och pressbilar hade samlats på planen utanför ingången. När de kom vacklande in på området var John alldeles blodig och det som de antog var pressen och övriga nyfikna samlades runt dem. Någon sträckte till och med fram en mikrofon och frågade något. De föstes undan av stressade poliser som frågade om de kunde gå eller om de skulle hämta bårar. ”Har vi gått hit kan vi gå hundra meter till” sa John och de gick in i receptionen. De fick sätta sig på en soffa och någon hämtade kaffe. Vi har ringt efter ambulans, sa en av poliserna, men det verkar som att alla är upptagna i samband med katastrofen. ”Är det OK om vi kör er till sjukhuset i en polisbil?” John nickade. Tio minuter senare satt de inlindade i filtar i en polisbil på väg till Karolinska. När de åkt en bit frågade en av poliserna: ”Var i tunnelbanan var ni när explosionen inträffade?” Tunnelbanan?? ”Det var ju i fjärrvärmetunneln som vi var,” svarade Rune. Poliserna tittade på varandra men sade inget.

Även på Karolinska var det kaos, ambulanser, sjukvårdspersonal, poliser och bårar med skadade. Eftersom de kunde gå fick dom gå in och vänta i ett väntrum. John lånade en telefon och ringde hem. Hans fru var inte hemma så han lämnade ett meddelande på telefonensvararen. För att inte oroa henne i onödan sade han bara att olyckan som varit gjorde att han inte visste när han skulle komma hem. Vad han inte visste då var att ett av de första TV inslagen som visades var från Värtan när han och Rune vacklade in genom dörren till receptionen. Det var ett klipp som rullade i samtliga kanaler de första timmarna, innan man fått smaskigare bilder att visa. Efter en kort väntan blev John anvisad ett rum som verkade vara operationsrum. Han fick klä av sig och en sköterska började rengöra såren. En stressad läkare som såg ut att vara högst 22 år kom in och frågade hurtigt: ”Hur är det här då?” Toppen, ”svarade John lakoniskt.” Läkaren undersökte såren med förstoringsglas, kände på revbenen och konstaterade att ett eller två troligen fått sprickor av smällen. Om John ville kunde de genast röntga dem. Han svarade att han ville hem så fort som möjligt, om det blev värre skulle han återkomma. Efter det kom den mest smärtsamma delen, läkaren plockade ut glasbitar som satt i huden. De baddade med någon smärtstillande vätska först, men det kändes som den var verkningslös, för ont gjorde det.När de äntligen var klara sa läkaren: ”Vi måste nog behålla dig här på observation. Du kan ha fått inre skador.” John svarade att han kände sig lite skakig, troligen chockad, och att han inte blev lugnare i den här miljön. Han ville åka hem. Läkaren ryckte på axlarna, och sa ”det är OK, vi behöver alla platser.” Vad John inte sade till honom var att de antagligen skulle få evakuera sjukhuset om något dygn på grund av att värmen slutat fungera och då ville inte han ligga där. Rune fick ligga kvar på observation, det visade sig senare att han fått skador på revbenen samt en hjärnskakning.

Kapitel 11

Då Simon och Levi kom ut ur tältet hade några människor samlats där, ditlockade av ångan som vällde ut. De frågade vad som hänt men Levi svarade att det tydligen blivit någon ångläcka. De skulle åka till Värtan för att kolla när de kunde fortsätta arbeta med telekablarna. Snabbt hoppade de in i bilen innan det kom några fler frågor och de körde därifrån. De åkte under tystnad till affären i Sundbyberg, på radion började det komma rapporter om en fruktansvärd olycka i tunnelbanan. Simon hade en tomhetskänsla, det skulle inte bli några dödsoffer hade Gad sagt. De hade mördat hundratals människor, han hade inte räknat med att det skulle bli en sådan fruktansvärd katastrof men det hade säkert Gad förstått. Då Simon var vid godisbutiken släppte han av Levi och gav honom en snabb kram." Vi ses nog inte mer," sade han. Levi nickade och sade; "Det är bäst så."

Då Simon lämnat av Levi körde han till den stora parkeringsplatsen vid Solvalla. Han hade varit där och rekognoscerat så han visste var han skulle ställa bilen. Bilen var köpt kontant och den var skriven på en målvakt som förhoppningsvis var i Thailand. Han torkade noggrant alla ytor som kunde ha fingeravtryck med en trasa indränkt i rödsprit. Nyckeln lät han sitta kvar i tändningslåset och han lämnade dörrarna olåsta. Det var bara en fördel om bilen blev stulen. Från Solvalla började han gå mot Hallonbergen, han och Cherie hade promenerat där så han hittade bra i området. Det tog ungefär en halvtimme att komma till bostaden. När han kom till lägenheten hade klockan blivit halv tolv och det var ingen hemma. Det låg en lapp på köksbordet med Cheries svårlästa handstil där hon skrivit: ”Älskling, jag har åkt till skolan, är hemma vid tretiden. Det finns frukost i kylskåpet x x”. Han log och tänkte: ”enligt henne är x lika med kyss. Lär de sig det när de studerar språk?”

Plötsligt slogs han av en tanke som gjorde honom iskall- hon åkte tunnelbana. Kunde hon varit med i ett av tågen som stoppades av sprängningen? Han fick upp mobiltelefonen, den vanliga mobilen hade han kvar, och slog hennes nummer. Det kom ett meddelande att: ”Abonnenten ni söker kan inte nås just nu.” Simon förstod inte alla ord men han förstod innebörden av meddelandet. Han rusade fram till skrivbordet och började leta efter schemat som han visste skulle ligga där. Han hittade det och sökte frenetiskt efter dagens datum. Det visade sig att hon hade en lektion som började nio och femton. Han räknade efter, hon skulle vara vid Frescati senast vid den tiden. Det innebar att hon antagligen skulle vara i tunnelbanan vid halv nio. Han satte sig på sängen och försökte ringa en gång till men det blev samma resultat som förut. Han slog på TVn och zappade mellan olika kanaler. Alla kanaler behandlade olyckan i tunnelbanan. De första bilderna började komma, två som varit i tunneln filmades när de gick in genom Fortums huvudentré i Värtan. En var blodig och Simon tyckte att han kände igen honom det var han som hjälpt honom att plocka fram ritningar i somras. Simon gick rastlöst fram och tillbaka, han hittade en klasslista med telefonnummer till hennes klasskamrater. Han började ringa men antingen svarade dom inte eller så var det upptaget. Vid fjärde försöket svarade en kvinna som Simon inte kände: "Jo hon hade varit i skolan, men det var många som inte kommit, Cherie hade hon inte sett till, det var hemskt med..." Han slog av telefonen och gick fram och tillbaka på golvet, tankarna malde i huvudet, han måste få reda på om Cherie levde. På TV hade de angivit ett nummer man kunde ringa till, för att få information om anhöriga. Han ringde dit men de kunde bara registrera namnet och lovade att återkomma så snart de visste något, de fick hans mobilnummer. Med jämna mellanrum försökte han ringa till hennes telefon men han fick bara svaret att hon inte kunde nås. Hon hade sagt att hon skulle komma hem vid tretiden och det fanns en möjlighet att hennes telefon av någon anledning inte fungerade. Det var i alla fall vad han försökte intala sig. Han satt hela eftermiddagen apatiskt och tittade på TV bilderna från katastrofen medan han pendlade mellan hopp och förtvivlan.

När klockan var tio över nio ringde plötsligt hans mobiltelefon. En opersonlig röst frågade om han var anhörig till Cherie. Simon kände på sig vad som skulle komma så han kunde bara viska "ja". "Tyvärr måste vi meddela att Cheries kropp hade hittats på spåret framför det första tåget." De beklagade sorgen och ville att han skulle gå till någon polisstation och ge dem en lista på övriga anhöriga, så polisen skulle informera dem. Än en gång beklagade de sorgen och sade att

Simon så snart som möjligt skulle uppsöka anhörigjouren på Karolinska. Simon slog av mobilen och kände hur tårarna kom. Han låg på sängen i fosterställning och grät. ”Det finns ingen Allah, det finns ingen Gud, skrek han rakt ut.”

*

Simon vaknade av att han låg på sängen med kläderna på. Tankarna rusade genom hans huvud. Vad hade hänt? Varför låg han påklädd på sängen med TVn på? Sedan kom minnet- Cherie var död, eller var det en fruktansvärd mardröm? Han reste sig och gick fram till fönstret, utanför var det mörkt. Han tittade på klockan, den visade på två, det måste vara på natten eftersom det var mörkt. Det innebar att han sovit ungefär fem timmar. När han tänkte på vad som hänt började tårarna åter rinna, han vankade fram och tillbaka i lägenheten. Allt kändes så meningslöst, hela framtiden med Cherie var borta. Han såg henne framför sig då han gav henne förlovningsringen och hon började gråta. När de var på ön och solen gick ner och han önskade att det alltid skulle vara så. Han kände som en klump i bröstet och var tvungen att sätta sig på sängen igen. Skulle han gå till polisen? Han tyckte att han inte hade något att leva för efter det som hänt. Tankarna bara malde i hans huvud. Han satt och såg på CNN på TVn utan att kunna ta till sig vad som sades. Det fanns ingen han kunde dela sin sorg med.

Hem kunde han inte ringa, de andra som var inblandade i attentatet kunde han inte kontakta. Cheries föräldrar kände han inte och det var omöjligt att förklara vad som hänt. Fick de reda på hela sanningen skulle de hata honom. Ett tag tänkte han att han skulle ringa Gad men han mindes att Gad betonat att de under inga omständigheter fick kontakta varandra efter attentatet. I efterhand hade han svårt att minnas hur natten gick, han satt apatisk framför TVn när han märkte att det var trafikbuller från gatan. Han gick fram till fönstret och såg att morgontrafiken börjat. Klockan hade blivit åtta och han kände sig plötsligt väldigt hungrig. Det slog honom att han inte ätit på över ett dygn. I kylskåpet hittade han frukosten som Cherie gjort i ordning åt honom, han fick åter tårar i ögonen när han såg hennes omtanke om honom. Det kändes något bättre när han ätit och druckit kaffe, hjärnan började fungera igen. Han beslöt att göra en långpromenad och fundera på vad han skulle göra. Ute var det fortfarande kallt och det sved i ansiktet innan han vant sig vid kylan. Tanken att anmäla sig hos polisen var borta, Cherie hade inte velat att han skulle tillbringa resten av sitt liv i fängelse. Han gick genom kyrkogården som ligger bredvid Lötsjön och fortsatte längs stranden mot Råstasjön. Det var inte många ute vid den tiden och det var bra för han ville inte bli sedd. Den första frågan var naturligtvis var han skulle ta vägen. Han antog att Cheries föräldrar skulle komma så snart de inte fick kontakt med dottern eller att de fått beskedet om hennes död. Om han då var i lägenheten skulle de antagligen anmäla honom till polisen. Han måste alltså lämna lägenheten så snabbt som möjligt och undanröja alla spår efter sig. Nästa fråga var var skulle han bo den närmaste tiden? Han hade förstått att det var svårt att vara muslim i Stockholm, drevet gick efter alla med arabiskt utseende och han riskerade att bli tagen i någon kontroll. Plötsligt mindes han att de planerat att åka på en kryssning till Helsingfors. Cherie hade sagt att det inte var någon passkontroll på båtarna. Han skulle då kunna gå under jorden i Finland där stämningen inte var så upptrissad och efter några veckor ta tåget till Paris. Pengar hade han så det skulle räcka, Gad hade försett honom med kontanter när han var i Paris, just för denna situation.

Han satte han sig vid datorn och googlade på resor till Helsingfors. Det visade sig att det gick färjor från två ställen i Stockholm. Dels från Värtan och dels från Frihamnen på Söder. Terminalen i Värtan var stängd, den låg i den avspärrade zonen och hade ingen värme. All trafik gick nu med Vikinglinjens båtar från terminalen i frihamnen. Det gick en färja klockan åtta på kvällen, den beslöt han sig för att åka med. Han beställde inte någon biljett, han ville inte hamna i något dataregister. Han skulle köpa biljetten kontant i terminalen. De närmaste timmarna använde han till att packa sina tillhörigheter i en resväska, en del fick han slänga, samt att utplåna alla spår att han varit där. Det sista han gjorde var att torka bort alla fingeravtryck med en trasa med diskmedel. När han lämnade lägenheten och gick till busshållplatsen passade han på att slänga nyckeln till lägenheten i en avloppsbrunn. Nu hade han bränt alla broar. Bussen gick till

Sundbybergs station, där tog han pendeltåget till Södra station. Sista biten från pendeltåget hade han bestämt sig för att gå. När han klev av tåget märkte han att stämningen hade förändrats sedan han varit där sist. Slagord som ”en god muslim är en död muslim” var sprejat på väggarna. Det var många polispatruller på Medborgarplatsen och klungor med unga män som antastade människor med utländskt utseende. Simon drog ner den stickade mössan över sitt svarta hår och försökte undvika klungorna och började gå längs Folkungagatan mot terminalen. Flera gånger fick han gå in i portar eller korsa gatan för att undvika klungor av huliganer som han mötte. Det var längre än han trodde när han tittat på kartan och det underlättades inte av att han fick släpa på en tung resväska. Det tog en halvtimme att gå till färjeterminalen och klockan var halv sju när han kom dit. Färjan hade inte kommit än och det var förvånansvärt lite folk i terminalen. Han satte sig i ett hörn av terminalen och tänkte vänta tills det kom mer folk innan han köpte biljett. Han ville inte uppge något namn när han köpte biljett eftersom han inte visste om han var eller skulle bli efterlyst. Vid sjutiden kom färjan in och det började komma mer folk. När det var en liten kö vid biljettluckan gick han och ställde sig där. När det var hans tur frågade han på franska efter en biljett till Helsingfors. Flickan som satt i kassan kunde naturligtvis inte franska så hon svarade på engelska. Simon skakade på huvudet och sade: ”Helsinki, tickit”. Hon frågade åter på engelska om han ville ha hytt, men han bara log och sade: ”Helsinki, tickit.” Hon rykte på axlarna och gav honom en biljett och han betalade kontant med euro. Så långt fungerade det bra och han började gå mot ingången till färjan. Då upptäckte han att det var en kontroll vid grinden där man gick in i färjan och det verkade som om de kontrollerade passen också. Det måste vara sprängningen som gjort att de börjat med denna kontroll. De hade säkert instruktioner att kontrollera misstänkta muslimer. Han stannade och satte sig på en bänk och tog fram passet, han visste inte vad han skulle göra. Om han inte tog färjan hade han ingenstans att ta vägen. Om han gick genom kontrollen skulle han antagligen registreras och det var det han försökte undvika. Han kanske redan var efterlyst, det visste han inte. Tiden för avgång närmade sig och han kände stressen öka. Han märkte att när grupper, som troligen kommit med buss, kom verkade kontrollen inte så noggrann. Vakten pratade med gruppens ledare, de tittade på en lista och vinkade ofta genom dem. Han väntade på någon grupp som han skulle kunna ansluta sig till men de flesta var sådana som han inte passade in i, som grupper med pensionärer eller enbart kvinnor. Plötsligt kom en blandad grupp som verkade vara sydamerikaner i olika åldrar. Han tog av sig mössan och anslöt sig diskret till gruppen. Det pratades mycket i gruppen, han uppfattade att de pratade spanska. När de kom fram till vakterna visade ledaren en lista och pratade och viftade med händerna. Simon kunde inte uppfatta vad han sade. Vakten tittade på listan och sedan på gruppen, han gjorde antagligen en snabb kontroll att antalet stämde. Simon hade ställt sig så att han skymdes av en storväxt äldre man i gruppen. Vakten nickade och vinkade in gruppen. När Simon kom ombord på färjan drog han en lättnadens suck. Han märkte att händerna var fuktiga av nervositet. Han låste in väskan i ett förvaringsskåp och gick sedan en runda för att undersöka färjan. Den liknade mer ett lyxhotell än en passagerarbåt. Det fanns nattklubb och massvis av restauranger och affärer som verkade ha lyxvaror. Något som förvånade honom var att det var så många ryssar ombord, han såg att skyltar ofta var skrivna på svenska, finska och ryska. Det var inte så mycket folk ombord som det troligen brukade vara de flesta verkade vara av utländskt härkomst. Svenskarna hade nog annat att tänka på än lyxkryssningar.

Kapitel 12

John hade tur som lyckades hitta en ledig taxi. När han gav adressen i Haninge sa taxichauffören att då måste de köra en stor omväg, hela centrala staden var avstängd på grund av tunnelbaneolyckan. John orkade inte diskutera med honom utan nickade bara. Resan gick fort eftersom han somnade till i bil värmen. När han kom hem var hans fru i upplösningstillstånd och Mikael ropade: "Pappa du har varit i TV." Marketta berättade att det spridit sig på jobbet att det varit en tunnelbaneolycka. Då slog dom på en TV och den första bilden som kom var när Rune och John, som var alldeles blodig, vacklade in i receptionen i Värtan. Hon åkte genast hem och började ringa och till slut fick hon tag i hans chef Rolf Jansson. Han kunde lugna henne med att John var på sjukhus, han visste inte vilket, för omplåstring. Klockan hade hunnit bli fyra och några grannar som sett på TV tittade in men John orkade inte prata med dem. Marketta sade att han sov. I stället för att sova ringde John till Rolf, som svarade i mobiltelefonen. Han var i Värtan och lät väldigt uppgiven: "Du och Rune är de enda av mätkontrollanterna som klarat sig" sa han. John fick berätta vad som hänt och att Rune troligen låg på Karolinska. Sedan pratade de om olyckan- vad hade egentligen hänt? Rolf berättade att det som hänt var att vatten från rörbrottet tydligen runnit rakt in i tunnelbanesystemet. De var båda överens om att det måste blivit ett hål mellan tunnelsystemen i samband med rörbrottet för tunnlarna var normalt helt skilda från varandra. Det hade bildats en arbetsgrupp som satt i Värtan som uteslutande skulle arbeta med att starta fjärrvärmen igen. Det största problemet nu var att delar av tunneln var fylld med 100- gradigt vatten och den första åtgärden var att länsa tunneln. Gruppen arbetade i skift, skadorna med bortfall av fjärrvärme i centrala staden var så alvarliga att det var en kapplöpning med tiden. Mer än 95 % av fastigheterna i centrala Stockholm hade fjärrvärme: ”Det är krisläge. Jag vet att du borde vara sjukskriven men som läget är nu vill jag att du kommer till Värtan så snabbt du kan,” sade Rolf. John lovade att ställa upp så snart han kunde. Sedan lade han sig och sov några timmar.

Senare under kvällen följde de dramat i TV. I tunnelbanan försökte räddningsmanskapet nå de två tåg som stod i den del av tunneln som var fylld av det heta vattnet. Det som hindrade dem var hettan och ångan som strömmade ut från tunneln. Bland det första som hände var att elen bröts. Nödbelysningen hade också slocknat i områdena runt T-centralen. De kunde föreställa sig vilken panik som utbröt då alla skulle lämna stationerna när lyset slocknade och vattenångan gjorde att det var omöjligt att orientera sig. Bilder visade ambulanser som gick i skytteltrafik från T-centralen. Mellan bilderna intervjuades olika personer, bland annat chefen för brandförsvaret. På frågan hur många som var döda och skadade svarade han: ”Då det gäller skadade är vi uppe i över tre hundra. Döda har vi bara hittat ett fåtal, hur många det blir har vi ingen aning om för vi kan inte ta oss fram till den zon som de finns i. Vi vill att alla som saknar anhöriga som brukar åka T-bana vid nio tiden skall anmäla det till polisen." Polischefen fick frågan om det låg sabotage bakom olyckan. Han svarade: "I detta läge kan man inte utesluta något, men att polisen arbetade förutsättningslöst." Det mest förvirrade intrycket gjorde miljöpartiets språkrör. Han påstod att anledningen till olyckan var storskaligheten i värmesystemet, som miljöpartiet alltid varit emot, var orsaken till olyckan. Då påpekade reportern att miljöpartiet varit för fjärrvärme. På det svarade språkröret. "Ja men småskalig fjärrvärme." "Hur bygger man småskalig fjärrvärme i Stockholm? Skall man ha en panncentral i varje kvarter?" Undrade reportern. På det hade han naturligtvis inget svar, han mumlade något om att olyckan måste utredas. Senare på kvällen framträdde statsministern. Han var som sig bör, klädd i en mörkblå kostym med en slips som också gick i blått. Han var mycket allvarlig: "När Sverige drabbas av en sådan katastrof måste vi glömma alla partigränser. Vi måste arbeta med ett mål i sikte, alla skall hjälpas åt att lösa de problem vi har framför oss." Det var temat i talet han höll. Efter talet fick pressen ställa frågor. En reporter ställde frågan: "När man lägger ut infrastruktur till entreprenörer, som bara har vinstintressen kan man då inte vänta sig olyckor av denna typ?" För första gången under intervjun tappade stadsministern masken. "Jag anser inte att det här är rätta platsen för en politisk diskussion om privatisering," sade han irriterat.

Den kvällen lade sig John tidigt men hade svårt att somna. Det gjorde ont i revbenen när han vände sig.

När han väl somnade hade han mardrömmar om att han var i tunneln igen och den svarta väggen kom mot honom. John insåg att det var ett mirakel att han fortfarande levde, han kunde varit på vilken mätpunkt som helst. Chansen att klara sig var en på tio för mätkontrollanterna. Det kändes som han förbrukat sitt turkapital. Tanken som hela tiden återkom var att det var han som placerat ut de två grupperna som de bidrog med vid mätningarna och att han hade varit i den gruppen som klarade sig. För John kändes det som att han skickat den andra gruppen i döden. Trots det kände John sig i ganska bra form när han vaknade. Lite öm i kroppen, lite klåda i såren men i övrigt OK. Marketta hade redan gått till jobbet så han ringde till Rolf för att stämma av läget. Han sade att de hade lägesrapport i startgruppen klockan fjorton och det skulle vara bra om John kunde vara med. Polisen som varit i kontakt med Bengt Hedström ville också prata med John. Bilresan dit tog lång tid eftersom alla infarter till centrala staden var bevakade av hemvärnsmän och avstängda för obehöriga men genom att visa leget från Fortum fick han passera. Väl inne i centrala Stockholm fungerade trafiken bättre än någonsin. De enda trafikanter han såg var polisbilar, militära fordon och servicebilar från olika firmor. När han kom till Värtan var klockan tolv. Där var det många John kände och de samlades vid ett bord i matsalen. Alla pratade upphetsat om vad som hänt och vilka som fortfarande saknades. John förstod att många var chockade och hade ett behov av att prata av sig. Rolf såg ut som han inte sovit på hela natten men även de andra såg också trötta ut.

Startgruppen, som de döpt den till, bestod av femton personer, driftpersonal, konstruktörer, maskinister, elektriker, en från brandförsvaret, en polis och säkerhetschefen. Den som ledde gruppen var driftchefen Nilsson. Han var i sextioårsåldern, men såg yngre ut, med ett förflutet som militär. John var glad för det eftersom han visste att Nilsson var en bra organisatör. Han var också en mycket god talare. När någon slutade eller i samband med fester lät de andra cheferna honom hålla talen. Det var bra också eftersom han skulle ensam stå som kontaktman mot media, den rollen passade honom bra.

Han öppnade mötet med att påpeka att det som avhandlades där inte fick föras vidare. Sedan avgavs en lägesrapport. ”Centrala staden med Kungsholmen är utan fjärrvärme. Södermalm matas med värme från söder, främst Igelsta men även andra mindre produktionsanläggningar levererar värme till Södermalm och områden söder om staden. I nuläget är det inte klart om det räcker. För närvarande monteras de tre provisoriska panncentralerna, men de kommer att i första hand att kopplas till sjukhus.” Evakueringar hade påbörjats, främst äldreboenden. Många som hade tillgång tillsommarstugor hade redan lämnat innerstadsområdet. Alla infarter till centrala staden samt Kungsholmen bevakades av polisen och hemvärnet. Risken för plundring och inbrott ökade i takt med att allt fler lägenheter och affärer stod tomma. Av den anledningen patrullerades området av inlånade poliser och väktarbolag. Tyvärr bar isarna så det gick inte att hindra att ovälkomna besökare kom den vägen.

Inom den avspärrade zonen skulle det råda undantagstillstånd för att förhindra plundring. Vilket innebar att bevakningspersonal hade utökade befogenheter. Någon sade: "De skjuter först och frågar sedan?" Kanske inte riktigt så sade Nilsson, men något åt det hållet, han tillade: "Ryktet att alla som lämnar lägenheterna för att evakuera skall lämna dörrarna olåsta, för att vår personal skall kunna komma in i lägenheterna vid behov. Är felaktiga." De flesta skrattade. Då det gällde tunnelbanan var det i princip samma sak. Från Gamla stan och söderut var trafiken igång igen. Hässelbys linje gick till Alvik och Sundbyberg och Solna centrum blev ändhållplatser. Evakuering av skadade och döda gick via T-centralen. Man hade kommit så långt in i tunnelbanans tunnel att man börjat hitta döda, i nuläget femtiotre stycken. Men det var fortfarande över sex hundra som saknades. Han som var från brandförsvaret berättade att de som gått in i tunneln hade mötts av hemska scener, de hade hittat kroppar som var svårt brännskadade längs spåret hela vägen från den vattendränkta delen. Många hade krupit sista biten eftersom fötter och ben var så brännskadade att de inte kunde gå. "Pendeltåget går, otroligt nog, hela sträckningen. Det har varit några stopp på grund av elavbrott, men nu går tågen. Stationerna T-centralen och Karlberg är stängda för av och påstigande." Här drog alla på munnen, att pendeltågen gick var i sig en nyhet men att de gick i ett krisläge var en sensation. "För elförsörjning är det kris. När husen blir kalla kopplar folk på el-element och övrig värmande utrustning som spisar och värmefläktar och resultatet är att elnätet hela tiden blir överbelastat och strömförsörjningen bryts. Vi har patruller från el sidan ute för att åtgärda fel men det hjälper inte. Vi har också varnat för det i TV, men folk bryr sig inte. Husen börjar nu bli så kalla att den kommande natten komer antagligen elen i det berörda området att slås ut helt. VA sidan har problem med att ledningar börjar frysa, deras driftpersonal arbetar i skift dygnet runt. Då det gäller bredbandet är det svårare, vissa områden fungerar, vissa inte. Det styrs naturligtvis av att elförsörjningen fungerar men det har antagligen också skadats en del kablar som låg i tunnlarna. Omfattningen av skadorna vet vi inte än."

Här gjorde Nilsson en paus: "Några frågor?" undrade han. "Om inte skall vi gå över till vad som egentligen hände. Vid förhör med vittnen verkar det som om det varit två explosioner med några minuters mellanrum. Den första verkar ha varit i lågpunkten vid katastrofpumparna den andra bör ha varit där tunnelbanan går under vår tunnel. Rör exploderar inte av sig själva så jag utgår från att det rör sig om sabotage." Han tittade på polisen som var med och han nickade. Nilsson fortsätter: "Det är konstigt att det var några minuter mellan sprängningarna. En anledning kan vara att det var tidur som utlöste detonationerna. Och att de inte var synkroniserade: "John markerade att han ville göra ett inlägg: "Jag är ingen expert på sprängning, började han, men jag tror att det var avsiktligt. När de sprängt rören steg vattennivån i tunneln. Sabotörerna väntade kallt på att vattennivån skulle stiga över den punkt där laddningarna över tunnelbanan var placerade. Då fick de större sprängverkan som också var mer riktad neråt, vattnet fungerar som ett mothåll." "Det blev också en mycket större chockverkan i tunnelbanan, påpekade någon." Det blev tyst alla tänkte förmodligen på vad som hänt i tunnelbanan. Nilsson summerade: "Vi har alltså några sabotörer som tar sig in i tunnlarna, utan att vi vet något, de apterar sprängmedel och lämnar tunneln. För att spränga hålet till tunnelbanan måste de borrat hål i betongen som förstärker korsningen, det är ett jobb som tar flera timmar. De måste också haft borrutrustning som troligen är ganska ohanterlig. Det måste ha varit flera inblandade men det är polisens problem att finna dem som utfört sabotaget. Vi skall hjälpa dem och Bengt Hedström kommer att vara vår kontaktman mot polisen. Vi övriga som är samlade här har bara en uppgift som vi skall lösa så snabbt som möjligt och det är att få fart på fjärrvärmen. Vi skall arbeta dygnet runt tills vi reparerat skadorna och kan börja leverera värme."

Några praktiska detaljer. "Värtanverket kommer att bli ledningscentral för det fortsatta arbetet, här har vi försörjning med el och datakommunikation. Vi har gjort i ordning sovplatser i baracker som är på området. Ni kan jobba, sova där och äta i matsalen. Givetvis får ni åka hem men det kommer att bli allt svårare att röra sig i staden. Bil är det enda sättet att färdas på. Enligt metrologerna kommer den kalla väderlekstypen att vara ytterligare några dagar. Vi tävlar mot klockan och jag är övertygad att alla kommer att ställa upp till hundra procent." Med det gick han över till det egentliga arbetet. Det första problemet som måste lösas var att få bort vattnet, både i tunnelbanan och i fjärrvärmetunneln. I tunnelbanan, som låg under fjärrvärmetunneln, skulle man försöka spruta in kallt vatten samtidigt som man pumpade ut vatten via rörledningar till närmaste dagvattenanslutning. Arbetet med att lägga ut ledningar pågick. Då det gällde FV-tunneln gick inte den metoden att använda, dels var det mycket mer vatten som skulle bort och om man spolade ner kallt vatten i den FV- tunneln skulle det brädda över till tunnelbanans tunnel. Då det gällde FV-tunneln var de därför tvungna att pumpa bort vattnet utan att kyla det först. Brandförsvaret höll på att rigga en pump vid ett stigschakt, de beräknades vara klart om ca fyra timmar. Olika arbetsuppgifter delades ut, John skulle hämta alla ritningar som berörde den sektionen, dels deras egna, va-verkets och tunnelbanans ritningar. Han lånade en bil och åkte till deras kontor på Döbelnsgatan. Där kopierade han alla bygg och rörritningar, som tur var fungerade fortfarande elen. På va-verket på Torsgatan kopierade han deras ritningar från området. På va-verket var det stor aktivitet, utryckningsbilar kom och åkte. Deras ledningar hade börjat frysa sönder i vissa områden. Slutligen åkte han till Tekniska nämndhuset för att få ritningarna från tunnelbanan men det var lättare sagt än gjort. ”Vi kan inte lämna ut ritningar hur som helst,” sa den snorkiga kvinnan som tydligen var chef för ritningsarkivet. ”Jag är väl för fan inte vem som helst” sade John och viftade med legitimationen framför henne. ”Om du skall ha några ritningar på tunnelbanetunnlarna måste du ha en rekvisition från banverket,” sade hon. ”Vad heter din närmaste chef och var sitter han,” snäste John. ”Just nu sitter han i ett möte, jag tror att det är om tunnelbaneolyckan. Och det mötet är slut om ungefär en timme, svarade hon. Han blev stum, de arbetade dygnet runt för att lösa krisen. Och så satt en byråkrat och kunde inte lämna ut ritningar för att det saknades en rekvisition. Han sprang till konferensrummet, slet upp dörren och skrek: ”Vem ansvarar för ritningsarkivet?” Tio ansikten riktades mot honom, sedan sade ett av ansiktena: ”Det är Magdalena.” ”Är du hennes chef?” Sade John. ”Det vet jag inte, hon har ansvaret för ritningsarkivet”, sade han. ”Du måste väl för fan veta om du är hennes chef? Nu ser du till att jag får alla ritningar jag behöver, Magdalena kan kopiera dem. Alternativet är att jag säger till pressen att vi måste lägga ner räddningsarbetet för vi får inga ritningar av Magdalena eller hennes chef,” snäste John. Mot byråkrater kämpar gudarna förgäves men äntligen fick han sina ritningar.

När John åkte tillbaka kändes det som att åka i en belägrad stad, nästan inga människor var ute och vissa delar var mörklagda. Trafikljus fungerade bara sporadiskt. Då han kom tillbaka till Värtan passade han på att äta. Maten var gratis och matsalen var öppen dygnet runt. I matsalen träffade han några driftkillar, de skulle åka och se hur pumpningen med brandförsvarets pump skulle avlöpa. Han beslöt att följa med.

Kapitel 13

Stigschaktet som pumpen skulle sänkas ner i ligger i Humlegården. När dom kom dit var de ett tiotal personer samlade, de flesta var montörer som fått rensa bort durkar så att pumpen kunde sänkas ner i schaktet. Det var en el pump som i sin tur drevs av ett dieselaggregat som stod bredvid det nu öppnade stigschaktet. Brandförsvarets arbetsledare förklarade att det var en sådan pump som användes när det var skogsbränder. ”Man sänkte ner pumpen i en sjö eller annat vattendrag och startade dieselaggregatet som genererade ström till pumpen. Vi har aldrig testat med så varmt vatten så vi vet inte vad som kommer att hända,” avslutade han. En kran stod bredvid stigschaktet och sänkte försiktigt ner pumpen. Två montörer dirigerade kranföraren som inte kunde se ner i schaktet. En av montörerna stod och tittade ner och vidarebefordrade tecknen från montören som klättrat ner och dirigerade så pumpen kom på plats. Plötsligt ropade montören: ”stopp den är på plats.” Ånga steg ur stigschaktet så det var omöjligt att se botten. ”OK då gör vi ett försök, ropade arbetsledaren.” Dieselaggregatet startade med ett dån. ”Nu gäller det sade han,” och slog om ett handtag där det stod ”PUMP ON”. De hörde inte om pumpen startade för dånet från dieseln var så högt men så ökade dieselmotorn varvtal, en brytare slog ifrån och en röd lampa började lysa. ”Jävlar,” sade arbetsledaren, ”något har hänt.” Han gjorde ett nytt startförsök men nu hände ingenting. Han suckade och sade: ”det var den pumpen." Det var bara att konstatera att den inte klarade den höga temperaturen. Pumpen hissades upp för att kontrollera vad det var för fel på den. Det visade sig att pumphjulet inte gick att rubba, lagren hade skurit. De diskuterade en stund om man möjligen kunde sätta i någon annan typ av lager ett som tålde värmen. Arbetsledaren lovade att kontrollera med pumptillverkaren om det var möjligt. De bestämde att schaktet skulle vara öppet om de skulle göra ett nytt försök eller få tag i någon annan pump. Brandförsvaret skulle undersöka om det fanns någon annan typ av vattenpump som klarade temperaturerna. Det var tryckt stämning i bilen då de åkte tillbaka till Värtan. De diskuterade var man kunde få tag på en pump som gick att använda, John sade att han kunde tala med det Tyska företag som sålt katastrofpumparna som var i tunneln. När han ringde dit fick han reda på att de endast hade fast monterade pumpar som klarade de höga temperaturen. John ringde också hem och förklarade läget. Han sa att han skulle vara i Värtan så länge han behövdes där, men att han skulle komma hem några timmar i morgon om inget oförutsett hände. Hans frus reaktion var inte särskilt positiv och han fick lova att gå till läkaren för att se över sina blessyrer och inte gå ner i tunneln igen.

Det låg en lapp i receptionen om att John skulle kontakta en polis som hette kommissarie Frank Josefsson. Det var han som ledde utredningen och han hade pratat med Bengt Hedström, som informerat honom om Johns tidigare iakttagelser. John ringde och sade att om dom ville prata med honom fick de komma till Värtan för han hade inte tid att åka till Kungsholmen. Josefsson lät sur men gick med på det. En timme senare anlände han och en utredare som hette Jones. De satte sig i ett ledigt konferensrum, Bengt var också med. John fick berätta vad som hänt när han träffade den mystiske främlingen i tunneln. De ställde många kompletterande frågor men han hade inte så mycket att komma med. Mannen var av medellängd, mörk och var i åldern mellan trettio och fyrtio år, troligen med utländsk bakgrund, men han talade bra svenska. Vilket land han kunde ha sina rötter i kunde John inte svara på, det enda han kunde säga var att det inte var från Skandinavien. De kom in på vilka som hade varit i tunneln den sista tiden, men de fann att det var så många att det var svårt att göra en lista. Entreprenörer fick uppdrag och skulle då anmäla till vakten ett namn på den som skall jobba i tunneln, men ofta tog den montören med en kollega som de inte anmäler i vakten, ibland till och med vara svart arbetskraft som inte är registrerad någonstans och därför omöjlig att hitta. De beslutade att driften skulle sammanställa en lista på alla entreprenörer de vet som varit i tunneln det senaste halvåret. Kontrollrummet skulle göra en lista på vilka som anmält ut- och ingång i tunneln under samma tid. ”Det finns några andra som varit i tunneln, men som inte är entreprenörer,” Påpekade John. ”Varje sommar har de ett antal praktikanter som jobbar på de flesta avdelningarna, på driften vet jag att de hade en fransk student som jobbade förra sommaren. De brukade ha honom som springpojke för att hämta ritningar. Jag tror att han hette Simon i förnamn men han borde vara med på Värtans lista.” Nästa steg måste bli frågan om man kan ta sig in i tunnelsystemet utan att anmäla för vakten,” sade Bengt. Sedan fortsatte han: ”Någon gång på sextiotalet, i samband med tunnelbygget, sprängdes det ut ett bergrum där det fanns planer på att ha ett kärnkraftsaggregat. Det var långt före kärnkraftsdebatten och nu talar ingen om det. Kan det vara så att det finns någon igensatt direktförbindelse med markytan, som terroristerna öppnat?” Mötet avslutades men de skulle träffas redan nästa dag. Klockan hade hunnit bli åtta på kvällen och det var trettiotvå timmar sedan katastrofen. Bilder på TV visade hur arbetet i tunneln fortskred. Man hade sänkt vattennivån och kommit fram till det första tåget av de två tågen som varit i den delen av tunneln. Fönster i tåget hade krossats, troligen av desperata passagerare. De syner som mötte räddningspersonalen då de kom in i vagnarna mörkades av TV men de som arbetade i Värtan fick inside information av brandförsvaret. Det var så fruktansvärt att några vägrade gå in i vagnarna. Det hade också börjat cirkulera rykten om att attentatet var utfört av islamistiska terrorister, rykten som de visste var fel. Ingen organisation hade tagit på sig ansvaret för dådet. Efter mötet gick John till matsalen och åt, de flesta från startgruppen var där och de diskuterade givetvis olika lösningar för att länsa tunneln. John hade fått en ide’ men han sade inget där, han ville se på ritningarna först. Efter maten gick John till konferensrummet och plockade fram alla ritningar över fjärrvärmetunneln i den sektionen där sprängningen utförts. Sedan försökte han finna samma område för avloppstunneln. Det var inte så lätt att tyda va-verkets ritningar. De hade inte samma system som på värmesidan men när han suttit och klurat en stund trodde han att han kunde tyda dem. John ringde till va-verket och lyckades slutligen få tag på en konstruktör som arbetade med deras ritningar. Han berättade för honom om sin plan och konstruktören lovade att komma över, med en diskett med de ritningar som var aktuella nästa morgon. Även på va-verket var det bemanning dygnet runt, ledningar frös sönder så de hade fullt upp. John lånade en dator med Auto-cad från produktionsanläggningens konstruktionsavdelning, som finns i Värtan. Genom att göra en ritning i 3D och lägga in koordinaterna på FV-tunneln och motsvarande koordinat på va-tunneln samt en antagen höjd på marknivån kunde han få en tredimensionell bild av tunnlarnas förhållande till varandra. Sedan drog han en linje från centrumpunkten på va-tunneln till centrumpunkten på FV-tunneln. Sträckan var 29 meter. Sedan förlängde han linjen till den beräknade markytan. Sträckan från centrum i FV-tunneln till marknivån skulle då bli 74 m. Lutningen på linjen blev 22,5 grader från vertikal-linjen. Om man borrade ett hål som var 103 m med en vinkel på 22,5 grader från en given koordinatpunkt på markytan skulle man få ett hål som gick genom taket på FV-tunneln, ner genom golvet och ut i avloppstunneln. Vattnet i FV-tunneln skulle då rinna ut i avloppstunneln och tömma FV-tunneln. Det var bara en hake, borrningen måste ske från en given koordinatpunkt på markytan. Om det låg ett hus där var det inte möjligt att borra utan att riva huset. När han kontrollerade på en digital karta så hamnade koordinatpunkten där borrningen måste ske på Adolf Fredriks kyrkogård. Vilken tur inga hus bara gravar.Klockan hade blivit halv ett på natten när John hittade en ledig säng och lade sig och sov oroligt fram till klockan sex. När han vaknade tog han en snabb dusch i personalens omklädningsrum. Då John satt och åt frukost i matsalen kom konstruktören från va-verket. De gick till konferensrummet där John hade ritningarna, han beskrev situationen och visade på deras ritningar var de räknat ut att sprängningen skett. Men han visade dock inte sina beräkningar eller ritningen han gjort. Han bad honom att förutsättningslöst skulle göra samma beräkning som han själv gjort och sedan skulle de jämföra resultatet.

Kapitel 14

Nu gällde det att hitta någon som kunde borra. Firman som de brukade anlita hette Stenudd. Det var en relativt liten firma med kanske femton anställda. Chefen hette Björk och var i femtioårsåldern, han var känd som en ”guru” i branschen han arbetade i. Han var inte en person som förringade sin egen insats men John hade stort förtroende för honom. Han lyckades få tag i honom via hans mobiltelefon och beskrev situationen för honom, hur långt det skulle borras, vilken vinkel det skulle borra i. Björks första fråga var förutsägbar: ”Vilken diameter på hålet?” John svarade att det är en avvägning mellan hur snabbt det går att borra och vilken diameter på borren som fungerar bäst, men hålet skall vara så stort som möjligt. Sedan förklarade han att det bokstavligen handlade om liv och att detta hade förtur före alla andra jobb. De kom överens om att han genast skulle starta med förberedelserna för borrningen, helst skulle de starta under eftermiddagen. Han skulle också komma till deras startgrupp som skulle ha möte klockan elva. Nu var va-konstruktören klar med sina beräkningar. De jämförde sina resultat och hade nästan identiska siffror så John kunde andas ut. För att vara på den säkra sidan kontaktade de gatukontoret och kollade mark höjden på kyrkogården och deras beräkningar verkade stämma. John informerade Nilsson om framstegen, han såg sliten ut. ”Äntligen något positivt,” sade han.

Vid mötet för startgruppen hade Björk infunnit sig, i övrigt var det samma människor om varit med tidigare. John började med att informera om sin plan vilket utlöste en livlig diskussion. ”Kan man borra på en kyrkogård? Kyrkogården kommer att se ut som en byggplats innan vi är klara,” frågade någon. På det svarade Nilsson: ”Ja det kan vi, det ansvaret tar jag på mig, man kan inte ta hänsyn till redan döda om man skall rädda liv. Men vi skall fotografera hela kyrkogården så vi kan återställa den i det skick den var när vi började.” Nu var det Björks tur att beskriva hur borrningen skulle utföras praktiskt, en roll som han inte verkade obekväm med. ”Jag har tittat på det här och den springande punkten är diametern på borren. En stor diameter gör att borrningarna går långsammare men att vattnet kommer att rinna ut snabbare. Men det ökar också risken för strul. Den kritiska delen med borrningen är när vi kommer ner i fjärrvärmetunneln. Vi måste sänka ner borren försiktigt och sedan när vi når golvet starta om borren. I det läget kan borren börja ”kasta” och bli krokig och oanvändbar. Om det vill sig illa kanske vi inte får upp borren genom det borrade hålet. Om det visar sig omöjligt att passera genom fjärrvärmetunneln med de vanliga borrarna måste vi konstruera nya borrar som har en borrcylinder som är ca 4 m lång. Men jag anser att vi skall försöka med de vanliga borrarna först.” Här gjorde Björk en konstpaus och kontrollerade att han hade allas uppmärksamhet. ”Mitt förslag är följande: vi väljer en borr med diameter 150 mm, men vi borrar inte ett hål utan två hål samtidigt så har vi en reserv om det strular och om det lyckas dränerar vi tunneln dubbelt så snabbare. Med den borren kan vi, om det är bra berg, borra ungefär tre meter per timme.” ”Det innebär att ni skulle kunna ha hålen klara ungefär 34 timmar efter det att ni startat?” Sade Nilson. Björk nickade, ”ja med lite tur”. Där gjorde John ett inlägg: ”Kan vi inte tillverka två stycken förlängda borrar under den tiden vi borrar fram till FV tunneln?” ”En bra ide,” sade Björk. ”Då kan vi fortsätta direkt om det blir strul. En annan stor fördel med att borra två hål är att jag får dubbelt arvode,” sade han. Alla skrattade.

Därefter delades olika uppgifter ut till de som var med i startgruppen. Borraggregaten var redan på väg, kyrkogården skulle fotograferas, en grävmaskin skulle rensa ett arbetsområde för borrarna. Punkterna där de skulle börja borra från skulle sättas ut av inmätningsavdelningen, sedan skulle beslutet förankras hos politiker och styrande. Den delen tog Nilsson på sig. John blev befriad från uppdrag i samband med borrstarten. Efter mötet med startgruppen skulle han och Bengt träffa poliserna igen. De åt en snabblunch och var precis klara när poliserna kom. Det var samma som dom pratat med förra gången. De satte sig i det rum som de suttit i vid förra mötet. Jones tog fram en bunt med papper och förklarade att det var listan på entreprenörer och listan på de som fått tillstånd att gå ner i schakten. Det visade sig att listorna stämde till stor del men där fanns ca trettio namn som inte stämde med entreprenörlistan, det var sådana personer som kände vakten eller fanns på en lista för sådana som hade stående tillstånd att gå ner i schakten. John var ett av de namnen, Simon var ett annat. John och Bengt kunde genast avfärda ca femton namn som de visste dels hade behov av att vistas i tunneln, dels hade arbetat länge och som de kände igen. Resterande femton skulle kontrolleras noggrannare. Det skulle polisen göra, Bengt och John skulle undersöka om det fanns någon "smygväg" in i tunneln. När mötet var klart vände sig John till Josefson och frågade: "Har ni några misstänkta?" Josefson skakade på huvet, "nej inte för närvarande." John blev irriterad: "Har ni fått några brev eller hotelser? Jag är involverad, mig kostade det nästan livet. Jag anser att jag bör få all information som ni har." "Tyvärr kan vi inte lämna ut alla uppgifter i en pågående utredning," sade utredaren. "Vi ses i morgon," tillade han, och gick. Bengt gick och stängde dörren efter poliserna sedan kom han och satte sig mitt emot John.

"Du har rätt sa han, du är så involverad i det här så du bör få all information. Men det jag skall berätta nu måste stanna mellan oss kan du lova det?" John nickade. Bengt fortsatte: "Att poliserna alltid skall mörka allt är en princip dom har. Men jag sitter med i deras möten eftersom jag är samordnare så jag har fått all information som de har. Både före och efter sprängningen i tunnelbanan i London och den här sprängningen har regeringen fått hotelsebrev. Det får de hela tiden så normalt är det inget de regerar på men i detta fall har de funnit att de brev som kom i samband med sprängningarna i London har samma typ av papper och kuvert. Även skrivaren var tydligen samma, hur fan de kan veta det. Polisens arbetshypotes är alltså att samma grupp som låg bakom sprängningarna i London också är inblandade i det här sabotaget. Kraven de hade både före denna sprängning och den i London är att fångarna i Guantanamo skall släppas. På ett sätt är det förståeligt, att en räts stat skall ha fångar utan rättegång i tio år är ju i sig ett straff som är hårdare än om de begått mord. Detta är uppgifter som aldrig kommit till pressen. Övervakningen av tunnelbanan har varit betydligt mer intensiv än vad vi känner till." John nickar, "det förklarar också alla rykten om islamistiska terrorister", svarar han. "Polishuset är känt för att läcka som ett såll." Bengt nickade och sade: "Att det verkar troligt att det är islamister som ligger bakom attentatet. Att polisen mörkar hela tiden beror antagligen på att de är rädda att det skall bli hataktioner mot islamister." Det visade sig senare att polisens misstankar var motiverade. Något dygn efter sprängningen hade en grupp sprejat ordet "Mördare" på moskén vid Medborgarplatsen. Fönster hade slagits sönder och besökare hade misshandlats och trakasserats. Polisen var tvungna att ha bevakning runt moskén dygnet runt vilket var svårt för en redan överbelastad poliskår.

Det hade hunnit bli eftermiddag och John tog chansen att åka hem och bada bastu och äta middag med familjen. De kom överens om att inte prata om sprängningen så det blev en trevlig middag. Mikael berättade att de skulle åka på en skolresa till Göteborg. Där skulle de bland annat besöka akvarierna, något som han såg fram mot. Marketta berättade om det nya jobbet i Jordbro, det lät som rena vilda västern. Det slog John att han aldrig skulle kunna jobba på ett socialkontor, ”men det är tur att det finns människor som gör det,” tänkte han. Det var i sådana situationer han kände att han hade stödet av familjen. Efter middagen ringde han till Bengt och Nilsson för att höra hur läget var. Båda var hemma och de kom överens om att de skulle träffas i Värtan nästa morgon. De behövde en natts sömn, alla var slutkörda. Den natten sov han som om han varit medvetslös, konstigt nog utan att drömma. När John vaknade på morgonen kände han sig som en ny människa. Efter en ordentlig frukost satte han sig i bilen och åkte till Värtan.

Det kändes nästa kusligt när han körde genom centrala delarna av staden. Det var kallt och mörkt och det lyste inte i några fönster, vid några tillfällen såg han patruller i militärfordon, i övrigt var staden död. Han blev stoppad en gång av en bil från ett vaktbolag och fick visa legitimation. Vakten, som såg ut som han var hämtad från någon av Rambo filmerna, sade att de redan gripit ett tiotal personer som var misstänkta för plundring. John sade på skoj: ”Kan ni inte knäppa dom direkt?” Vakten förstod inte att det var skoj, så han suckade och sade: ”Om jag fick bestämma så skulle vi göra det.” När John kom till Värtan dök Rune upp, han hade legat på observation ett dygn men nu verkade det inte vara något större fel på honom. Det kändes bra. Han var sjukskriven, men sade att om de behövde hjälp kunde han ställa upp. ”Vi behöver alla uppgifter om bergrummet som sprängdes ut för en framtida kärnkraftsreaktor någon gång på 50-60 talet,” Sade

John. ”Du prata med Nilsson, han var med när det byggdes och kolla vad vi har för ritningar på den delen av tunneln.” När Bengt kom satte de sig och började diskutera hur terroristerna kunnat ta sig in i tunneln utan att lämna några spår efter sig. John berättade om att Rune undersökte bergrummet för den framtida reaktorn så den delen kunde de vänta med. De gjorde en lista på olika ingångar till tunnelsystemet, där var det de ”vanliga” stigschakten men de hade larm. Var larmet bortkopplat i något schakt? Det måste undersökas. Sedan fanns det anslutningar som man kunde köra in med bil, även där var det samma typ av larm. Totalt var det tio punkter där larmen skulle kontrolleras. Bengt ringde den entreprenör som installerat larmet och de lovade att genast börja undersökningen. Han sade till dem att också undersöka om någon varit och ”skruvat” på utrustningarna. John kom att tänka på att det också fanns grova elkablar som matade el till katastrofpumparna, var gick de från? Genom att ringa till el avdelningen fick han dem att lova att undersöka hur deras kablar kom in i tunneln. De återkom genast och berättade att matningen till katastrofpumparna kom från det övre tunnelsystemet och gick via borrade hål gick ner i FV tunneln. Vidare låg dom klamrade på en el-stege längs rörstråket. Så den vägen kunde ingen ha kommit in. ”Med tanke på att de har släpat en borrutrustning kan det inte varit så långt från sprängningsplatsen som de gått in i tunneln,” resonerade Bengt och John instämde. ”Ventilationen,” sade han. ”Tunneln ventileras genom en frånluftsfläkt som sitter nära det schakt jag var nere i då sprängningen utfördes. Vid varje schakt sitter ett luftintag och en ventilationstrumma gåt ner i stigschaktet. Luftintaget i markytan är en gjuten betongkammare med ett kraftigt galler som tak. I väggen på kammaren är ett hål som ansluter till ventilationstrumman. Luftintaget kan ligga i trottoaren eller någon gräsyta, gallret är så kraftigt att man kan gå och köra med mindre fordon över det." "Det låter intressant sade Bengt." De kontrollerade på kartan vilka tre schakt som låg närmast sprängningsplatsen. Rune återkom. Han hade kontrollerat ritningarna från bergrummet och pratat med Nilsson och det verkade som om det inte fanns någon "bakväg" in i tunneln där. Nilsson hade heller inget minne av att någon sådan byggts, det gick inte att komma in i bergrummet för ånga och vatten gjorde att omöjligt att vistas där.

Kapitel 15

När de tittade på kartan fann de att schakten som låg närmast var i Humlegården, Norra latin och korsningen Kungsholmsgatan/Klarabergsgatan i ett litet parkområde. Med tanke på att terroristerna hade lastat utrustning och ville exponera sig så lite som möjligt verkade det som den lilla parken Klarabergsgatan var den mest troliga. De beslöt sig för att genast åka dit och se om de kunde finna några spår.

Det hade börjat skymma när de åkte. De hade fått låna en av driftenhetens bilar, som hade verktyg som de kunde behöva. Det var samma kusliga känsla då de körde genom staden som det varit på morgonen. De hade bilradion på och matades hela tiden med information om räddningsarbetet. De fick reda på att de första inbrottstjuvarna gripits på morgonen, de greps på bar gärning när de länsade en systembutik som var övergiven. Under natten hade det också varit ett tillbud när hemvärnsmän skjutit mot förmodade plundrare, en av plundrarna hade blivit skadad den andra hade kommit undan. Bengts kommentar var: ”Om det råder undantagstillstånd kommer det att hända många sådana incidenter. Det är inget fel på hemvärnet, men de har ingen som helst utbildning för sådana här insatser. Att ge dem befogenheter att skjuta skarpt mot förmodade plundrare är nästan samma sak som hände i Ådalen 1931.”

När de kom fram hade de svårt att orientera sig det hade redan blivit så mörkt att det var svårt att se detaljer. De gick runt med ficklampor och sökte. Gatubelysningen var släckt i stort sett i hela staden eftersom det gällde att spara så mycket el som möjligt. Elen behövdes för att hålla så mycket värme i husen att inte vattnet frös. Plötsligt såg John ett tält av den typen som televerket och va-verket reser då de arbetar med reparation av ledningar. Det som fick honom att reagera var att rök steg från tältet. Han ropade på Bengt och de gick fram och lyste in. ”Bingo,” sade Bengt. Tältet stod över ventilationsgallret, runt om var va-verkets bockar uppställda. Det såg ut som en normal arbetsplats. De körde fram bilen och tog på sig arbetshandskar för att inte lämna fingeravtryck. Det var svårt att se något för ångan som steg upp men när de lyste ner kunde de se att under gallerdurken, i ett hörn, stod en aluminiumstege. Den del av gallerdurken som var över stegen kunde lyftas av, den hade varit fastskruvad i en balk ram som täckte luftintaget men skruvarna var borttagna så det var bara att lyfta bort den delen av gallret. Genom att öppna tältet på båda sidor fick de bort en del ånga innan John klättrade ner på stegen med en ficklampa i handen. Hålet i väggen var ca 1x1m och ett spjäll för att ställa in draget satt framför men det var helt öppet. Han gick fram till hålet och lyste med ficklampan. Ventilationstrumman som anslöt till hålet var ungefär en meter bred och sextio centimeter djup. Det var svårt att se något för här var ångan så tät att han fick sticka in handen och treva efter den motsatta gaveln på trumman. När han tryckte på den med handen öppnades den. När John lyste med ficklampan såg han att där satt en lucka som inte var stängd. Han böjde sig fram och lyste med ficklampan och såg genom den nu öppna luckan att det var en gallerdurk nedanför. Luckans storlek var ca 800x800 mm, och anledningen att den satt där var antagligen att man från gallerdurken vid nedstigningen i schaktet skulle kunna ställa spjället för intagsluften. När han stod och tittade in i öppningen snubblade han på något som var på golvet, han lyste med ficklampan och upptäckte att det var ett bilbatteri." Det är här de gått in" ropade han till Bengt. "Ok nu får polisen ta över," svarade han. Men John hade dock en sak till som han ville kontrollera. Han kröp genom luftintaget och luckan, det var inte svårt. När han stod på gallerdurken lyste han runt med ficklampan. Efter en stunds letande hittade John det han letade efter. Det var fyra tunna koppartrådar med plastisolering. Två hade röd isolering och två hade blå isolering. De låg på golvet innanför luckan och var slarvigt lindade runt ett räcke och gick ner i schaktet. När John klättrat tillbaka genom luckan sade han till Bengt: "Det var här mördarna stod när de utlöste sprängningarna, batteriet de använt är kvar". Han kunde se framför sig hur en terrorist först anslöt två kablar till batteriet. Han hade dragit ut kablarna så att han satt i skyddad i betong kammaren. När han detonerat den första laddningen kom ångan och tryckvågen genom luftintaget men han var så kall att han satt kvar och väntade några minuter innan han utlöste nästa laddning. Antagligen vaktade en terrorist i en bil utanför. De ringde polisen och väntade till de kom. När polisen kom blev det full aktivitet och området inhägnades med blåvita plast band. De fick förklara för polisbefälet vad de visste. Även Josefsson dök upp efter en stund. Han var som vanligt sur, denna gång för att de inte informerat honom på ett tidigare stadie. När de åkte tillbaka till Värtan tog de vägen förbi Adolf Fredriks kyrkogård för att se om borrningarna var påbörjade. Det hade borrat ca en timme. Björk var i sitt esse, han gick runt och dirigerade sina mannar som en general. "Så här långt ser det bra ut sa han." Vi har inte hunnit kontrollera om det finns några andra tunnlar eller skyddsrum i berget men Nilsson sade att det tog han på sitt ansvar". John tänkte i sitt stilla sinne: "Vilken tur att vi har en projektledare som vågar ta ansvar." De fortsatte till Värtan. När de kom dit var klockan redan halv åtta. John ringde ett långt samtal till sin fru, han pratade också med Mikael. Han berättade vad som hänt och fick dem att lova att inte föra det vidare. Klockan hade blivit så mycket att det inte var stor ide' att åka hem. John satt en halvtimme och tittade på TV. I tunnelbanan hade man kommit så långt att ett tåg var framtaget och det som stod närmast platsen för sprängningen var synligt men fortfarande hade man inte hunnit gå in i det. Antalet döda var nu uppe i 360 som man funnit men om man räknade med saknade var siffran långt över sex hundra. Det var nu officiellt att det var ett attentat och att terrorister låg bakom. Vilken nationalitet terroristerna hade sades det inget om. Olika experter intervjuades om hur det var möjligt att en hel stad kunde drabbas så hårt av ett attentat, var samhället så känsligt? En professor i samhällsvetenskap från Uppsala hade en intressant vinkling. Han sade att på de här breddgraderna är människans primärbehov värme, vatten och livsmedel. Livsmedel innebär i tätbefolkade regioner transporter. Man kunde då förvänta sig att terrorister slår till mot just de funktionerna. Det borde alltså inte varit någon överraskning att både värme och en stor del av transportsystemet blivit angripna. En annan synpunkt som flera förde fram var att infrastrukturen inte borde ligga i händerna på giriga entreprenörer som saknade samhällsansvar. Fortum fick mycket kritik för att bevakningen i tunnlarna var så dålig. I egenskap av säkerhetschef blev också Bengt intervjuad, John tyckte att han hade en svår uppgift. Han kunde inte säga rent ut att han inte fått resurser från Fortum för då hade han antagligen fått sparken så han var tvungen att slingra sig undan frågorna. John led med honom. En annan synpunkt var att vi i princip saknade militärer. Svenska försvaret var det enda i värden som hade mer officerare än meniga. Som det nu var hade poliser från hela landet kallats in för att kunna sköta bevakningen och det hade inte fungerat. Det fanns ingen reserv att sätta in vid katastroftillfällen. De militärer som sattes in för bevakning i regionen var dåligt utrustade hemvärnsmän som saknade utbildning för uppgiften. Det hade redan resulterat i dödsskjutningar i samband med bevakning, för att stoppa inbrott i området. De få militärer som landet förfogade över var i Afghanistan.

Sverigedemokraterna hade fått luft under vingarna. En välkammad partiledare såg med bekymrad blick in i kameran och sade: ”Vi är nu i den situationen som SD varnat för hela tiden. En okontrollerad invandring har resulterat i att det svenska samhället nu befinner sig vad man närmast kan kalla krig med terroristerna. Hur har då den regeringen som skapat denna situation förberett sig för detta krig? Jo, genom att i princip avskaffa försvaret.” Det blev ett sorl bland politikerna, alla ville ha ordet. En folkpartist skrek utan att fått ordet: ”Hur kan du skylla på invandrarna? Vi vet inte vilka som ligger bakom.” En Kvinnlig politiker från socialdemokraterna som var mer nyanserad sade: ”Jag minns den första chocken då Uttöya blev känt. Då var det också muslimska terrorister som blev misstänkta. Kanske är detta Sveriges Uttöya.” Sverigedemokraten sade till reportern: ”är det inte jag som har ordet?” Han gjorde en paus, såg in i kameran och sade: ”Om Svenska folket ger oss mandat vid nästa val, kan jag garantera att detta aldrig mer händer.” Klockan hade blivit mycket så John gick och lade sig men han hade svårt att somna. Tankarna malde. Det kom över honom att många han kände hade mött en fasansfull död i tunneln. Kunde han ha förhindrat det? Nästa dag skulle han kontakta krisgruppen.

När John vaknade hade vädret slagit om och det hade blivit mycket varmare. Det gjorde att alla var på bättre humör. Efter frukosten var ett möte med polisen det första som stod på programmet. Det var samma som träffats tidigare. John såg att poliserna såg trötta ut och antog att de arbetat en stor del av natten. Josefsson tog fram en bunt papper, mest e-post, som han lade framför sig. ”Ja vi skulle kontrollera de som var på listan som vi tog fram igår,” sade han.” Vi är givetvis inte klara än men jag kan säga som så att ett namn är mer intressant än de andra." Han tittade på ett e-postmeddelande som låg framför honom. "Simon Avodi, alias praktikanten, är känd av franska polisen. Inte han personligen utan genom att han är bror med Karim Avodi som sitter i Guantanamo sedan tre år. Brodern har tydligen varit inblandad i knarksmuggling men polisen lyckades inte fälla honom för det. När han hamnade på Guantanamo var han tillsammans med en efterlyst terrorist i Afganistan så polisen undersöker hans förbindelse med Al-Qaida. Simon bor hos sina föräldrar i Paris och studerar till ingenjör mer har vi inte hunnit få fram. Både Interpol och Franska polisen är inkopplade. Vi räknar med att få mer information under dagens lopp. Genom att kontrollera lönebesked har vi fått fram en adress som han bodde på då han arbetade här i somras. Det var hos en farbror som hette Dan Avodi och bor i Bandhagen. Vi är naturligtvis intresserade av att komma i kontakt med denna Simon. Men vi vet inte i dagens läge var han är. Franska polisen skall kolla hans bostad i Paris nu på morgonen. Om han inte är där tänker vi göra ett tillslag på adressen i Bandhagen. Som läget är nu har det inte varit svårt att få tillstånd av åklagaren att göra husrannsakan men vi väntar på besked från franska polisen innan vi åker dit med piketbussen, det är trots allt terrorister vi kan träffa på." Han vände han sig till John och sade:" När vi gör tillslaget vill vi ha någon med som känner igen Simon. Vi vill inte blanda in fler personer från Fortum, så vi undrar om du skulle kunna vara med?" John nickade, och sade: "Skall jag ta med eget basebollträ eller kan jag lå…" "Du skall sitta i bussen under hela tillslaget och inte lämna den innan någon säger att du skall göra det, sade utredaren.”

Lite senare, vid tolvtiden, hade startgruppen möte. Björk var inte med så mötet gick fort. Nilsson som hade direktkontakt med honom meddelade att borrningen gått bra under natten och att de räknade med att nå FV-tunneln vid fyratiden. Han tyckte att styrgruppen skulle vara på plats vid borraggregaten då. Sedan diskuterades vad de skulle göra om de lyckades nå avloppstunneln. De kom fram till att det bästa skulle vara att spruta kallt vatten, samtidigt som de tömde tunneln på det varma vattnet, tunneln skulle då kylas ner så det gick att börja reparera rören. Det skulle också bli en ficka med varmvatten kvar vilket då skulle då kylas ner så man kunde få bort det med vanliga pumpar. Det var lämpligt att pumpa vattnet till de hål som då skulle finnas så vattnet rann ut i avloppstunneln. Driften på va-sidan lovade att förbereda det arbetet så rörmontörerna skulle kunna starta direkt vid ett eventuellt genombrott. Rörmaterial som de trodde att de skulle behöva var också framkört till de körbara schakten så reparationsarbetena skulle kunna starta så snabbt som möjligt. Nu hängde det på om det gick att borra genom FV-tunneln. Om det inte fungerade var de på ruta ett igen. När de var klara och skulle gå ringde Nilssons telefon. Han gjorde en gest med handen att alla skulle stanna. Han lyssnade en stund och sade att han skulle framföra det. När samtalet var slut vände han sig till polisen som var med i startgruppen och sade: ”det är tydligen rena kravallerna på Södermalm, en mobb har stormat moskén och är på väg att sätta eld på den". "Vi har fruktat att det skulle hända sade polisen, vi har bevakning där men det är tydligen inte tillräckligt många." Han såg bekymrad ut och skyndade ut samtidigt som han pratade i telefonen. Bengt skakade på huvet och sade uppgivet: "Nu börjar cirkusen. Sätter huliganerna eld på deras moské kommer muslimer att hämnas och börjar bränna kyrkor och sedan är raskravallerna i full gång." John ringde och hörde med polisen när tillslaget i Bandhagen skulle göras. De svarade att han kunde räkna med förmiddagen vid åttatiden i morgon. Polisen i Frankrike hade sökt Simon i hans bostad men han var inte där. Poliserna lovade att hämta honom i piketbussen. Klockan två åkte alla i startgruppen till kyrkogården för att se om borrarna skulle klara passagen av FV-tunneln. Förutom startgruppen var ca tio man samlade på kyrkogården. Ett område på ca 50x50 meter hade förvandlats till byggområde, gravstenar hade bytts ut till containers med borrmaterial och det låg borrmaterial i högar, en lastbil stod inkörd på området och en manskapsbod hade ställts vid kyrkan. Björk stod vid det ena borraggregatet. Han såg sliten ut, han hade antagligen inte sovit under hela natten. "Om mina beräkningar stämmer är vi någon meter från FV-tunneln. Vilken av borrarna som först når tunneln är oklart, det beror på hur taket i tunneln ser ut," sade han. "Vid genomslaget i tunneln kommer en del material att rasa ner från taket. Om stenblock lägger sig ogynnsam på golvet och vi sänker ner borren rör sig blocket och gör att borren kommer snett och bryts. Det är också lite oklart hur borren reagerar när den arbetar i varmt vatten, det bör inte vara något problem men vi vet inte säkert. Det är inget vi kan påverka," avslutade han. Alla vankade rastlöst omkring i väntan på genombrottet. Några samlades vid Palmes grav. Bengt påpekade att det var tur att den inte låg inom arbetsområdet men att Olof hade nog inte haft något att invända mot att hans kvarlever flyttats om det varit nödvändigt.

"Genomslag," skrek en av borrarna och stoppade borren. Björk kom springande och de ställde sig i en ring runt borraggregatet. Försiktigt började han mata ner borren i FV-tunneln. "Vad är avståndet från tak till golv?" ropade han. "Det skall vara ungefär tre och en halv meter," svarade John. När borren matats 3,5 m utan att nå golvet i tunneln tittade Björk undrande på honom. Vid 3,7 m tog borren i golvet. Björk drog borren tillbaka och tryckte den mot golvet några gånger för att platta till en anläggningsyta att borra mot och sedan nickade han mot borraren och sade "starta på lågvarv". Allas blickar var nu riktade mot borraxeln som försvann i hålet. Den började nu rotera långsamt. Björk matade oändligt försiktigt ner borren mot anläggningsytan. Plötsligt börjar borraxeln vibrera. "Stopp, jävlar" skrek Björk. "Den gick ner snett och böjde axeln," sade han. John såg att han var svettig i ansiktet och ögonen var rödsprängda av brist på sömn. De samlades runt honom och diskuterade vad man kunde göra. "Den andra borren bör vara igenom när som helst," sade han. Jag skall pröva en annan metod på den. Under tiden de väntade började borrarna dra ut borren från den misslyckade borrningen. Genom att backa borren och dra den uppåt lyckades de få loss den och dra den upp genom borrhålet. ”Äntligen lite tur” sade Björk. ”Nu kan vi mata ner den nykonstruerade borren och göra ett nytt försök”. Under tiden som borren togs upp, hade den andra borren nått tunneln. Björk upprepade samma manöver som på den tidigare borrningen, matade ner borren och tryckte den mot tunnelgolvet ett antal gånger. Sedan höll han borren lätt tryckt mot tunnelgolvet och tittade på borraren och sade: ”Nu slirar du på kopplingen så borren roterar en mm i taget.” Borraren nickade, drog starthandtaget i läge ON och slog genast tillbaka det. Borraxeln roterade några grader och stannade. ”Upprepa,” sade Björk. Samma manöver upprepades ett tiotal gånger och spänningen steg, skulle det lyckas denna gång? Slutligen sade Björk: ”Ok nu gör du samma manöver utan att stänga av borren, men den skall gå på lägsta fart.” Borren startade och började rotera långsamt samtidigt som Björk med lätt hand började mata på borren. Alla stirrade på borraxeln som nu roterade utan vibrationer. En spontan applåd bröt ut och de dunkade Björk i ryggen. ”Där hade du tur,” sade Nilsson. ”Tur,” sade Björk med ett lättat leende, ”det har man när man vinner på lotto, inte när man borrar i berg. Nu skall vi mata in en ny borr i det första hålet sedan skall vi försöka starta den på samma sätt som vi gjorde med denna. Det verkar fungera. Men det första hålet till avloppstunneln bör vara klart om ungefär tio timmar.” Det var hög stämning i bilen när de åkte till Värtan. De diskuterade hur lång tid det skulle ta innan vattnet rann ut så det egentliga reparationsarbetet kunde börja. När de kom till Värtan var klockan fem och de åt middag och diskuterade hur de skulle gå vidare. ”Det går inte att räkna ut hur lång tid det tar innan vattnet rinner ut,” menade Nilsson. ”Vi vet inte vattenmängden i tunneln vi vet inte om det blir ett eller två hål, och vi vet inte hur mycket kallvatten som vi kommer att spruta in för att kyla tunneln.” Samtidigt som han sade det ringde hans mobil. Han lyssnade och såg belåten ut. ”Nu är de igång med det andra hålet”, sade han när han stängde av mobilen.

*

Brandröken drev över Medborgarplatsen och luften var fylld av tjutande sirener från polisbilar och brandkår. Poliser med kravallutrustning hade slagit en ring runt den brinnande moskén. Men de hade svårt att hålla stånd mot den uppretade folkhopen. Gatstenar och allt som huliganerna lyckades bryta loss haglade över poliserna. Från byggnaden vällde det svart rök genom fönstren. Brandkåren försökte komma fram men de stoppades av demonstranter som inte flyttade på sig utan i stället började kasta sten mot brandbilarna. Brandmännen fick löpa gatlopp och sätta sig i säkerhet bakom polisavspärrningen. Poliserna kastade tårgasgranater och gasen drev med brandröken in över Medborgarplatsen. Skadade demonstranter hämtades av ambulanser som stannade på Götgatan. En demonstrant skanderade i en bärbar högtalare: ”bränn moskéerna, kasta ut jihads mördare”. Plötsligt hördes ett skott och en av poliserna föll baklänges. Ingen såg vem som skjutit på grund av röken som låg som ett dis över området. Poliserna drog sina tjänstevapen och började skjuta i luften. De demonstrerande huliganerna flydde i panik och polisen kunde nu rensa området och spärra av det. Området runt moskén såg ut som ett slagfält med uppriven stenbeläggning och sönderslagna fönster.

*

Genomslaget till avloppstunneln beräknades ske vid tvåtiden på natten och många passade på att få några timmars sömn. John skulle hämtas av poliserna på morgonen så det var ingen ide' att åka hem. Efter ett telefonsamtal hem gick han och lade sig men han hade svårt att somna slutligen måste han ha gjort det för han väcktes av att Bengt ruskade om honom. "Vi klarade det, första borren har nått va-tunneln. Vattnet i FV-tunneln är på väg att rinna ut," sade han. Driftpersonalen från Käppala reningsverk ringde och gratulerade. De berättade att de hade en noggrann mätning av inflödet av vatten samt temperaturer. Genom att mäta förändring i flöde och temperatur på avloppsvattnet kunde man räkna fram hur mycket vatten som kom. Med de uppgifterna skulle man enklare kunna räkna fram när tunneln var tömd. Nu är det bara en tidsfråga innan det går att starta fjärrvärmen. John gick till kontrollrummet där det var en våldsam aktivitet, alla pratade i munnen på varandra eller i mobiltelefoner. På TVn kunde han se att de just gick ut med nyheten. Björk intervjuades på kyrkogården med borriggarna som bakgrund, han såg trött men belåten ut. På frågan om det varit en svår borrning nickade han och svarade: "Det är första gången som vi borrat genom ett hålrum som är så stort som FV-tunneln, det var det som skilde denna borrning från andra." I bakgrunden hördes hurrarop. TV reportern dök upp i bildrutan och förklarade att andra borren nu nått va-tunneln. Ett TV team kom in i kontrollrummet och intervjuade Nilsson. Vid det här laget såg han ut som en obäddad säng.

Han fick en skur av frågor som var omöjliga att svara på. När kunde värmeleveranserna påbörjas? Vilka hade utfört sabotaget? Skall Fortum även i fortsättningen få ha ansvar för fjärrvärmen? Nilsson var dock för rutinerad för att trampa i några klaver. Han kunde inte ange när värmeleveranserna kunde påbörjas, först måste de se hur mycket som var förstört vid sprängningen. Vilka som utförde sabotaget fick polisen svara på. Frågan om vem som skulle ha ansvar för fjärrvärmen är en politisk fråga som bör ställas till stadsministern. Det senare var en känga till politikerna, John visste att Nilsson inte ansåg att infrastruktur skulle läggas ut på entreprenad. Han fortsatte med att han också ville passa på att tacka alla som ställt upp till hundra procent, utan den insatsen skulle vi inte kommit så långt som vi gjort. "Nu är det bara att vänta på att vattnet rinner ut, så jag föreslår att alla som kan åker hem och sover ut." Han fick en spontan applåd av de närvarande i kontrollrummet. Alla fick känslan "nu är vi på gång, vi blev inte knäckta av terroristerna, nu skall vi gå vidare."

Kapitel 16

John sov oroligt resten av natten och gick upp vid sjutiden och duschade. Efter duschen var det inte så roligt att ta på sig samma kläder som han nu haft två dygn. Han bestämde sig för att åka hem på eftermiddagen, oavsett vad som hände. Efter att ha ätit frukost gick han till kontrollrummet för att orientera sig om läget. Nilsson dök upp och nu såg han betydligt piggare ut än dagen innan.” Nu rullar det på fint” sa han, ”vi har börjat spruta in kylvatten och mätt hur vattnet sjunker undan. Vi tror att det tar ungefär tio timmar tills nivån för hålen är nådd. Sedan återstår att pumpa ut det sista som ligger under hålens nivå, det räknar vi med att det tar ungefär fem timmar.” Medan de stod och pratade kom en polis in och frågade efter John. Han hette Hasse Vidberg och hade befälet i piketbussen. De flesta har nog en bild av hur poliserna i en sådan insatsstyrka ser ut och Hasse såg ut precis som man föreställer sig. Han var ungefär trettiofem år, över medellängd, såg vältränad ut och hade kortsnaggat hår. Att han inte ville ha civila med i bussen gjorde han ingen hemlighet av. ”Jag skall tala om vad som gäller för dig på vägen till Bandhagen” sade han, då de gick ut till bussen. Det satt ytterligare tre poliser i bussen, två av dem kunde ha varit bröder med Hasse, den tredje verkade ha invandrarbakgrund, det var antagligen någon form av kvotering som gjorde att han fick vara med. På vägen till Bandhagen informerade Hasse om läget: ”Vi har haft lägenheten under bevakning sedan klockan åtta igår. Enligt de som sköter bevakningen har ingen lämnat eller kommit till lägenheten under den tiden. Man har observerat en man och minst två kvinnor som rör sig i där. Den ligger på tredje våningen utan hiss. Vi vet inte om de är beväpnade så vi måste utgå från det. Vi har fått tillstånd att göra husrannsakan av åklagaren så det är viktigt att tillslaget går snabbt så de inte hinner förstöra några bevis. Tillslaget skall ske enligt följande: Vi stannar ett kvarter från fastigheten utom synhåll. Där tar vi på oss västar och skyddsutrustning och sedan kör vi snabbt fram till porten och går ut alla fyra. Du Senissa stannar och bevakar porten," sade han till den kvoterade polisen. "Ni andra följer mig till tredje våningen, du Rolf tar klubban. Jag ringer på och ropar att det är polisen, om de inte genast öppnar slår du in dörren och vi går snabbt in och säkrar lägenheten. Alla personer som befinner sig där skall genast samlas i köket och visiteras. Några frågor?" Beväpning? frågade någon. "Det kan vara terrorister där så vi tar k-pist," svarade Hasse. "En annan sak är att det är oerhört viktigt att ingen kommer till skada, varken vi eller någon i målgruppen. "Det senare sade han antagligen för att John var med. Sedan vände han sig till John och sade: "Då det gäller dig är din uppgift att sitta orörlig i baksätet på bussen under hela operationen, oavsett vad som händer. Vi hämtar dig om vi behöver identifiera någon." De hade nu kommit fram till Bandhagen och bussen stannade. Hasse rapporterade i radion att de var på plats. John fick sätta sig i baksätet och alla började ta på sig skottsäkra västar och övriga skydd, vapen laddades och säkrades och "klubban" togs fram. Det var en cylindrisk järnklump med två handtag på varje sida. John märkte att adrenalinnivån steg, stämningen började likna den som var i omklädningsrummen när han boxades. Plötsligt sprakade det i COM-radion. Hasse tog micken, lyssnade några sekunder och svarade uppfattat. ”Nu kör vi,” ropade Hasse, och bussen startade med en rivstart. I hög fart men utan sirener körde bussen fram till adressen som de skulle till.

När de kom fram stannade bussen med tjutande däck och poliserna rusade fram till en port, slet upp dörren och rusade upp för trappan. Med sina mörka uniformer, västar, hjälmar och vapen såg det ut som en scen ur Stjärnornas krig. John tittade efter balkongen som borde tillhöra tredje våningen men det satt en på var sida om porten så han visste inte vilken det var. Båda hade dörrarna stängda och såg övergivna ut. Det gick någon minut. John tyckte att han hörde ett brak från porten men han var inte säker. Polisen som stod i porten tittade uppåt så han förstod att något var på gång. Plötsligt for dörren upp på en av balkongerna och en man rusade ut. Han stirrade vildsint, först ner på gatan men insåg att det var för högt för att hoppa. Från lägenheten hördes skrik och ett brak, det var antagligen ytterligare en dörr som slogs in. När mannen hörde det beslöt han sig tydligen för att hoppa till balkongen som låg ungefär tre meter från den han var på. Snabbt klättrade han upp och ställde sig på räcket. Med höger hand höll han i en parabolantenn som var skruvad i väggen. Han stod och tvekade någon sekund tills en polis rusade ut, det visade sig att det var Hasse. Han skrek något till mannen och kastade sig fram samtidigt som mannen hoppade. Han hade antagligen klarat hoppet om inte Hasse fått tag i hans fot. Nu föll han framlänges och blev hängande över räcket på den närliggande balkongen. Sedan såg det ut som om det gick i ultrarapid, han började glida baklänges från räcket. Någon sekund blev han hängande i en arm men tappade taget och föll handlöst baklänges ner mot gatan. Det hördes en dov duns när han landade på trottoaren. Fallet var ungefär åtta-nio meter och han låg orörlig i en onaturlig vinkel över ett cykelställ av betong. John blev illamående och klev ut ur bussen, han trodde att skulle kräkas men det kom bara saliv. När han tittade upp hade polisen i porten böjt sig över mannen på gatan samtidigt som han pratade i telefonen. En polisbil med blåljus och sirener på körde fram och poliser hoppade ut och började mota undan människor som samlats. Något senare dök det också upp en ambulans. Den måste varit i närheten eftersom den kom så snabbt. John var chockad och satte sig i bilen igen. Efter en stund kom en kvinnlig polis fram och tittade in i bilen: ”Hur är det?” Frågade hon. Han svarade inte. ”Tror du att du kan titta på mannen som fallit från balkongen, och identifiera honom?” ”Fallit från balkongen,” sade John. ”Det var ju för fan polisen som fick honom att falla,” snäste han. John klev ur bussen och hon eskorterade honom fram till mannen som nu låg på en bår. Han var tydligen död för det låg en filt över honom. Någon lyfte på filten så ansiktet blev synligt, det var oskadat och minen var förvånansvärt fridfull med tanke på vad som hänt.

Josefsson, som tydligen kommit polisbilen, frågade om han kände igen mannen. ”Det är varken Simon eller mannen som jag såg i tunneln, det är jag helt säker på. Den här mannen är äldre än dem,” sade John. Josefsson tog honom i armen och förde honom till polisbilen. ”Som du förstår är du ett vittne till det inträffade,” sade han. ”Men jag tror att du är chockad så det är nog bäst att jag hämtar läkaren som kan ge dig något att sova på. Sedan kör vi dig hem så du kan vila ut efter den här pärsen.” John nickade bara.

Det var fortfarande förmiddag då John kom hem. Hans fru var på jobbet och Mikael var i skolan. Det första han gjorde var att tappa upp ett varmt bad som han låg i så länge att vattnet började svalna, troligen somnade han till. Efter badet lagade John en sen frukost och satte sig och läste tidningarna som han missat de senaste dagarna. Mikael kom hem från skolan och de satt och pratade länge om vad som hänt. Mikael hade svårt att förstå att någon kunde döda över sju hundra personer, som de inte ens kände. John hade svårt att svara på den frågan. ”De människor som gjort attentatet anser att de deltar i ett krig mot oss och i ett krig dödar man fienden. Det är helt sjukt men det är så de ser på situationen.” Mikael verkade inte övertygad, men han nickade. Josefsson ringde vid femtiden. Han undrade hur John kände sig men den egentliga anledningen var att han undrade om han kunde komma till Värtan nästa dag. Polisen skulle komma och hämta John vid ett tiden. Det passade honom bra för han hade sin bil i Värtan. När hans fru kom hjälptes de åt att steka några biffar och göra svampstuvning, av svamp som de plockat i Tyresta reservatet och fryst in. Det var hans favoriträtt. Till maten delade de på en flaska rödvin. Den kvällen slog dom inte på TVn. John var så trött på alla katastrofbilder som hela tiden visades och kände att han fått nog av elände och han längtade efter vardagen. Det var inga problem med att somna den kvällen trots att han inte tog tabletterna som han fått av läkaren, det var nog vinet som hjälpte honom att slappna av.

John vaknade när hans fru gick upp och kände sig utsövd, de åt frukost tillsammans. Han märkte att hon undvek att prata om den senaste tidens händelser och det var bra. När hon och Mikael åkt till jobbet och skolan gick John en promenad till vackra Tyresta by. Vädret hade åter slagit om och det var en vacker vinterdag. Det var inga människor i rörelse en vardagsförmiddag. I skogsbrynet kunde han se tre rådjur som gick och sökte föda i slänten vid diket. De tittade misstänksamt mot honom men klassade tydligen honom som ofarlig för de fortsatte att beta. När han stod och tittade ut över de böljande ängarna med ladugårdar och boningshus inbäddade i landskapet kändes det som om tiden med det svenska folkhemmet var tillbaka. Var människor lyckligare då? För Sverige var det nog så men övriga Europa som låg i ruiner efter kriget skulle nog inte skriva under på det.

När John gick tillbaka från Tyresta tog han vägen genom skogen bitvis fick han plumsa i djup snö, men en del av vägen var upptrampade stigar. Han passerade en gård som legat inbäddad i skogen. Den sista som bodde där, en gammal kvinna som barnen var rädda för, hade lämnat gården för några år sedan. Strax efter det hade gården brunnit ner. Det gick rykten om att det var några knarkare som bosatt sig där och förorsakat branden. Nu fanns bara ruiner kvar. Av någon anledning tyckte John om platsen, han brukade stanna till och ta in atmosfären. Här hade säkert flera generationer vuxit upp, arbetat, älskat, bråkat och flyttat. Sist i raden var kvinnan som barnen var rädda för. Nu höll skogen på att återta området.

När John kom hem lagade han frukost och bläddrade i tidningen. Konstigt nog stod det inte en rad om gårdagens tillslag. Det hade inte varit några journalister där, inte som han såg i alla fall. Han undrade hur länge polisen skull kunna hålla tillslaget hemligt. Han var förvånad, hur kunde man hålla något hemligt i denna kommunikationens tidsålder? Det hade räckt med att någon av grannarna som kom ut hade en mobiltelefon med kamera, tagit bilder och ringt en tidning. Kanske är det så att pressen kan styras av polisen? Om det är så kan man inte låta bli att fundera på om vi har en fri press.

Grannarna fick sig nog en funderare när polisen kom och hämtade honom. Resan till Värtan gick betydligt fortare i polisbil för de behövde inte stanna i kontrollerna. När John kom till Värtan och gick runt och orienterade sig om läget förstod han att polisen inte sagt något om tillslaget. I tunnelbanan hade man nu fått bort vattnet och bärgat vagnarna. Dödstalet var nu uppe i 727 människor, då var de som varit i FV-tunneln inräknade. Vattnet i FV-tunneln hade nu runnit ut till den nivå som hålen låg på. Resten av vattnet pumpades ut med vanliga pumpar som nu fungerade när varmvattnet var utspätt med kallvatten. Det beräknades vara klart när som helst. Kropparna efter de som utfört mätningarna hade hittats på olika ställen i tunneln. De hade förts med av den heta tsunami som svepte genom delar av tunneln. Anledningen till att polisen skjutsat John in till Värtan var att de ville förhöra honom om tillslaget, det pågick antagligen en internutredning om Hasses insats.

Det var det vanliga gänget som träffades. Utom John var Bengt, Frank och Jones där. Senare skulle det komma ytterligare en polis, internutredaren, som skulle förhöra John om vad som egentligen hänt vid tillslaget. Frank började med att berätta något som han redan visste, pressen hade inte blivit informerade om tillslaget och det var därför viktigt att det inte läckte ut. Förr eller senare skulle det komma fram men det fanns en anledning till att det inte skulle komma ut nu. John bad honom berätta om vad som egentligen hände vid tillslaget men han skakade på huvudet och sade att den delen fick han ta med internutredaren. De hade dock undersökt lägenheten efter spår utan att hitta några. Kvinnorna hade förhörts i den mån det gick och det enda de fått ut var att Simon Avodi bott hos dem under sommaren när han praktiserade i Värtan de hade beslagtagit mobiltelefonen och en bärbar dator som dom höll på att undersöka. Frank sade att om terroristerna inte lämnat landet så låg dom säkert och väntade ut uppståndelsen för att resa senare. Både den vanliga telefonen och mobiltelefonen var kopplade till spårningsutrustning men det hade hittills inte gett något. I Paris hade polisen börjat förhöra föräldrar och närstående till Simon. Än så länge hade de bara lyckats bekräfta att Simon i våras reste till Sverige för att praktisera men han hade bara e-postat att han skulle vara kvar ytterligare ett halvår. Han var hemma några dagar vid jul och hälsade på sina föräldrar, sedan reste han till Stockholm igen. Han hade inte lämnat någon annan adress till föräldrarna. Dom hade trott att han bodde hos farbrodern men enligt kvinnorna i lägenheten hade han inte varit där sedan jul, påstod de. Var han bott sedan jul vet vi inte. Hans föräldrar är mycket oroliga för honom. Det måste vara någon plats som vi inte känner till som har varit deras samlingsplats. Dynamit, borrar, elkablar och arbetskläder och någon bil som liknar Fortums tjänstebilar måste de förvarat någonstans. Vår tanke är att om vi kan hitta den platsen och sätta den under bevakning och sedan gå ut med information om tillslaget och säga att ytterligare arresteringar är att vänta så åker de kanske till sin samlingsplats för telefonerna vågar de antagligen inte använda. Då har vi möjlighet att gripa alla inblandade. Franska polisen har nu en efterlysning på Simon men det verkade inte som han återvänt till Frankrike efter det att han arbetat i Sverige. Även här är han efterlyst nu men hittar vi inget i datorn eller telefonen måste vi undersöka Simons och Dans bekantskapskrets och det kan ta tid.

Kapitel 17

När mötet var slut kom internutredaren och presenterade sig som Boman. Internutredare har tydligen bara ett efternamn. John undrade i sitt stilla sinne vad det är som driver någon att ägna åtta timmar om dagen, åt att ange sina arbetskamrater. Blev han mobbad i skolan och ville ge tillbaka? Han fick berätta om tillslaget och Boman ställde en mängd kompletterande frågor, särskilt om vad som hände på balkongen. Sade Hasse något till Dan när han kom ut på balkongen? Kunde Hasse från sin plats i dörren uppfatta vart Dan tänkte hoppa? Av frågorna förstod han att Hasse sagt att han försökte rädda Dan från att ramla ner på gatan. Kanske var det så. John svarade att det hela gick så fort att Hasse troligen bara hann uppfattat att det var en person som tänkte hoppa och ingrep. När förhöret var klart bad John honom berätta vad som hänt i lägenheten. Boman tittade i sina papper och sade att egentligen skulle han inte avslöja det men med tanke på att förhöret var klart och John var så inblandad så var det väl inget som hindrade att han berättade. Där steg han i Johns aktning.

”Egentligen gick tillslaget helt efter regelboken,” sa han.” Tre poliser hade rusat upp till tredje våningen. De hade ringt på och ropat ”öppna, det är polisen”. Någon tittade i titthålet som fanns på dörren men dörren öppnades inte. Polisen skrek en gång till och därefter tog två poliser ”klubban” och började slå på dörren. Efter ungefär tre slag for dörren upp och poliserna rusade in och kunde säkra två rum och köket. Det var två kvinnor i lägenheten och de fördes till köket för att visiteras när en kvinnlig polis kom. Men dörren till det tredje rummet, där dörren till balkongen satt var låst. Mannen som spanarna sett vid bevakningen saknades också. Polisen skrek då att dörren genast skulle öppnas men då inget hände slog de in den dörren också. Resten vet du," avslutade han.

Efter förhöret gick John in till Nilsson för att få en orientering om läget. Han berättade att man nu hade kommit så långt att man kunde besiktiga skadorna, de var som tur var mindre än man hade befarat. Mest var det runt platsen för sprängningen, naturligtvis. Tanken var att man först skulle renovera provisoriskt så det gick att starta leveransen av fjärrvärme sedan skulle man kunna göra den permanenta ombyggnaden till sommaren. Det fanns provisoriska fläktar monterade vid infarterna på tunneln så man kunde ventilera den del av tunneln som vattnet varit i. Det var fortfarande mycket varmt i området där svetsarbetet skulle göras men genom att ha flera lag svetsare som kunde alternera kunde arbetet fortgå hela tiden. Han tillade, "att vi skall vara tacksamma mot våra finska svetsare och det är 90 % av dem, de ställer upp i alla väder och man kan lita på dem. Inget gnäll för att det är för varmt. Det är inte officiellt men jag räknar med att vi skall ha lappat hop nätet så vi kan börja fylla upp det i morgon. Ackumulatorn i Värtan är fylld så i första hand kommer vi att ta vatten därifrån. Resterande kör vi med råvatten och om allt fungerar skall vi kunna starta leveranserna om ungefär trettiosex timmar men det kan bli något strul så det är inte officiellt."

Efter samtalet med Nilsson åkte John till Karolinska, som nu hade fått värme via en mobil panncentral, för att läkaren skulle titta på hans blessyrer. Samtidigt tänkte han kontakta kris jouren som också hade sina lokaler där. Läkaren som tittade på hans skador sa att det såg bra ut och att han kunde ta bort bandaget. Doktorn ville också röntga Johns revben men han sa att det redan blivit bättre så det behövdes inte.

Kris jouren bestod av en präst och en psykoterapeut, båda kvinnor i trettiofemårsåldern. De bjöd på kaffe och de pratade lite allmänt om det som hänt. Varje kväll hade de grupper av anhöriga till de som omkommit i tunnelbanan som de träffade och pratade med. Enligt dem var detta en svårare olycka än exempelvis tsunamin för de anhöriga. Också här tog det flera dagar innan det blev bekräftat att de anhöriga verkligen var döda. Alla förstod också att deras anhöriga fått ett ohyggligt slut i den heta tunneln. Kvarlevorna efter dem var också sådana att man inte ville visa dem för de sörjande. Prästen berättade också att många som arbetade på brandförsvaret, som gått in i vagnarna, också kom till krisgruppen.

Sedan berättade John om sina upplevelser, även om tillslaget, utan att utelämna något. När han kom till mannen som föll från balkongen hade han svårt att prata. Han gick till toaletten och sköljde ansiktet. Det är på något vis värre att sitta som åskådare när något hemskt händer utan att kunna ingripa. När han själv drabbades av explosionen i tunneln var han så fylld av adrenalin att händelsen på något vis rann av honom. De satt tysta utan att avbryta honom. När han var klar frågade de om han kunde sova om nätterna, om han hade några skuldkänslor för det som hänt. ”Då det gällde min grupp har jag det,” svarade John. Det var han som delade ut platserna som de skulle vara vid. Han klarade sig, de dog och det gav honom skuldkänslor. De sade att det är en vanlig reaktion, hade han tagit deras plats och de hans plats hade det varit de som suttit här och haft skuldkänslor. På det svarade John att han förstod poängen, men att känslan ändå fanns där. När de frågade om hans känslor för terroristerna kom svaret mer spontant. ”Hat,” svarade han, ”inget annat än hat.” Psykoterapeuten sade att det är samma som terroristerna känner. John nickade och sade: ”skillnaden är att jag inte åker till Bagdad och spränger en massa oskyldiga i luften. Jag hatar terroristerna, inte araber.” Han vände sig till prästen och frågade: ”Den kristna teorin att man skall vända andra sidan till gäller den fortfarande?” Hon svarade: ”Jag vet att när man är drabbad är det svårt att inte reagera med hat, men tänk efter. Det blir en ond spiral som aldrig tar slut om man använder öga för öga och tand för tand i konflikter.” Han kunde inte annat än hålla med om det. ”Men någonstans går en gräns, blir man angripen måste man till slut försvara sig det gäller allt biologiskt liv. De arter eller grupper som inte kunnat försvara sig finns inte längre.” I efterhand insåg John att hans samtal med krisgruppen varit bra, han kunde för första gången berätta om vad som hänt och beskriva vad han kände. De hade tystnadsplikt så han kunde säga hela sanningen. Då han var klar på Karolinska åkte han hem, denna gången via Essingeleden. Samma spöklika känsla infann sig när han passerade Kungsholmen som låg i mörker. En tanke som slog honom var vilket känsligt samhälle vi lever i. För några dagar sedan sprängde några galningar av några rör, sjuttio meter under marken och nu var ett område motsvarande en stor svensk stad evakuerad sedan flera dagar. Över sju hundra döda, säkert lika många skadade. Kostnaden i form av människoliv och förstörd egendom måste vara enorm. Ett attentat för hundra år sedan kunde aldrig ha slagit lika hårt som detta gjort. Hur blir det i framtiden? Kommer utvecklingen att fortsätta, med ett samhälle som blir mer och mer känsligt för sabotage? När vi tagit klivet fullt ut och allt styrs via datorer kan antagligen attentaten utföras med en knapptryckning på någon dator någonstans i världen.

Kapitel 18

Steve Jordan gick fram och tillbaka med händerna i fickorna. Det berodde inte på att han var nervös eller att han inte hade något att göra, det berodde på att det var så jävla kallt. Han ringde ner till växeln och sade, "kan jag få några värmeelement till." "Tyvärr" svarade sekreteraren, "alla elektriska element är utplacerade, och ingenjören påstår att det inte går att koppla in fler, då lägger reservkraftaggregatet av." Steve svor, det här är otroligt tänkte han, här sitter man och fryser arslet av sig för att några terrorister sprängde av några rör flera kilometer härifrån och det var tre dagar sedan.

Ambassaden badade i ljus, till skillnad från den övriga bebyggelsen i området. Ambassaden hade fjärrvärme, eller hade haft till för tre dagar sedan men som tur var hade de också ett reservkraftaggregat som genererade el. En ambassad stänger inte när det blir kris, då ökar belastningen för ambassaden. Bland det första som hände efter attentatet var att amerikanska säkerhetsvakter flögs in från Tyskland så nu såg ambassaden ut som en fästning med patrullerande vakter på den upplysta gården. Tyvärr räckte inte elen till att värma byggnaden ordentligt och det blev kallare för var dag. Steve tittade med avsmak på pappershögen på skrivbordet men i stället för att börja besvara alla brev och e-post han fått de senaste två dygnen hällde han upp en whisky och satte sig i snurrfåtöljen och tittade ut i vintermörkret. Hans tankar vandrade till tiden som ambassadör i Honduras. Vid denna tid satt man på altanen i bara skjortärmarna och tog en kvällsdrink och tittade ut över den myllrande staden.

Han fick plötsligt en ide' och ringde till Tom Gordon och bad honom kort att komma upp till hans kontor. Tom såg mer sliten ut än han brukar och satte sig utan ett ord i besöksstolen. "Är dina uppdragsgivare där uppe nöjda med utvecklingen här i Stockholm?" Frågade Steve. "Har du informerat dem om att det är rasupplopp på Södermalm och bilbränder i Akalla och Hallunda? Att muslimer inte vågar sig ut på gatorna på Södermalm för att de är rädda för att bli misshandlade, att ingen vit vågar vistas i Akalla eller Hallunda av samma orsak?" "De kunde inte förutse att det skulle bli så katastrofala följder", mumlade Tom. "Det kunde de inte förutse om London heller," sa Steve. "Jag lovar om det kommer ut i att vi visste mer än vi informerat svenskarna om kommer ditt namn att vara det första jag lämnar ut. Man kan säga att du är den på ambassaden som är mest uppdaterad då det gäller det här attentatet. Därför bör du gå genom den här posten och besvara alla brev och frågor vi fått i samband med sprängningarna. Det jag skall skriva på lägger du i en särskild hög och skriver ett pm. så jag vet vad det gäller." Han sköt över pappershögen på skrivbordet till Tom. När Tom gick ropade Steve efter honom: "Har du några frågor kan du prata med dom där uppe, han pekade uppåt med fingret." Steve lutade sig tillbaka i stolen och kände att han mådde bättre.

*

Tom lämnade rummet med blandade känslor. Han var förbannad för att Steve tydligen tänkte skylla på honom, om det läckte ut att de visste mer än vad de informerat svenska säkerhetspolisen om. Det var väl för fan han som var ambassadör. Steve förstod tydligen inte hur CIA fungerar. Han var också rädd för följderna för egen del om det gick snett, det kunde ödelägga hans karriär. Det slog honom att han skulle kontakta sin uppdragsgivare på CIA. Det bästa skulle vara om han kunde bli omplacerad till en annan ambassad.

*

Den kvällen började det snöa, snöfallet pågick hela natten och det var naturligtvis inget som gynnade det trafikkaos som redan uppstått i samband med avstängningarna. På morgonen ringde John till Nilsson för att informera sig om situationen. Han sade att arbetet gick planenligt och att det var lika bra att John stannade hemma, det är inte lätt ta sig till Värtan just nu på grund snökaoset. Bengt satt i möte när John försökte få tag i honom men han lämnade ett meddelande att han skulle ringa.

Genom att skotta snö fick John fart på blodomloppet och sedan satte han sig och läste tidningen som konstigt nog kommit trots snöfallet. Det förvånade honom att det stod så mycket som var direkt felaktigt eller i bästa fall rena gissningarna. Bengt ringde vid tolvtiden, han hade varit i polishuset vid genomgången av jakten på terroristerna. Egentligen var John nu bortkopplad från den delen men han sade att han ansåg att han kunde informera honom ändå. Det som kommit fram vid polisens genomgång var att man i Dans dator funnit ett ordererkännande som var borttaget men den som hade skrivit beställningen hade glömt tömma papperskorgen i datorn. Ordererkännandet var för en kraftig slagborrmaskin och leveransadressen var Mum-Mum godis som ligger vid Fredsgatan i Sundbyberg. Affären är nu under bevakning och i morgon kommer polisen att gå ut med meddelandet om tillslaget och att ytterligare tillslag är att vänta. Poliserna skall sedan bevaka affären för att gripa Simon eller andra misstänkt som eventuellt dyker upp. Planen var enkel, och borde fungera om polisens antagande att de inte kontaktade varandra via telefon var riktigt. Det förutsatte naturligtvis att terroristerna inte lämnat landet.

Resten av dagen hade John inget planerat så han beslöt att åka och se hur det såg ut i tunneln den var nu helt länsad och svetsarbetet pågick för fullt. Han tog bilen men resan var besvärlig. Långa köer vid de bevakade infarterna och dåligt plogat i det avspärrade området gjorde att resan tog en och en halv timme. John åkte till Norra Latin för det låg mest centralt för de delar han ville se. Luckan var öppen för ventilationens skull så det var bara att klättra ner. När han började gå nerför lejdaren slog hettan och ångan mot honom som en vägg. När han väl kom ner var han genomsvett. I tunneln rådde en febril aktivitet, lampor var uppställda, elkablar och vattenslangar låg överallt på golvet. Tjutande från slipmaskiner överröstade alla andra ljud. Allt var fuktigt och vatten rann fortfarande från sprickor i väggarna. Trots att man kunde känna ett vinddrag i tunneln var hettan outhärdlig och John beundrade svetsarna som kunde jobba i den miljön. Han började gå mot lågpunkten där den första laddningen detonerat. Först var det ingen som märkte att han var där men sedan kom en arbetsledare från ett byggföretag och stoppade honom och begärde legitimation. John sade att han var kontrollant för rörarbetena. "Gå inte i de zonerna som det inte pågår arbete i sade han, för där har vi inte skrotat taket på tunneln så det kan rasa." John nickade eftersom det var svårt att göra sig hörd. Vid lågpunkten där den första laddningen detonerat var båda rörparen avslitna, elskåpet för pumparna var delvis bortsprängt och de två katastrofpumparna hade skador efter metalldelar som slungats mot dem i samband med explosionen. Beläggning och sand på golvet hade spolats upp i drivor då det heta vattnet forsat ur de avslitna rören. Pumparna var importerade från Tyskland och hade en lång leveranstid men de skulle inte ersättas med nya. I stället skulle hålen de borrat användas till dränering av tunneln. Inget ont utan att ha något gott med sig.

John gick bort till platsen där borrarna passerat genom tunneln. Det var lite otäckt för taket var inte skrotat och han såg att stenar redan fallit. När John såg var hålen gått in i tunneln kunde han konstatera att de haft tur. Båda hålen låg ungefär en halvmeter från väggen och han visste att en avdrift vid långa borrningar kunde vara en halv meter. Ibland skall man ha tur. För att komma till den plats där sprängning nummer två detonerat var han tvungen att gå samma väg tillbaka och förbi lågpunkten men här var taket skrotat så det kändes bättre att gå. Att skrota en bergstunnel innebär att man bearbetar taket så att alla lösa stenar faller ner, om man inte gör det riskerar man att stenblock faller ner och man blir skadad eller i värsta fall dödad.

Det var stor byggaktivitet här, hålet i golvet var ungefär 1x1 m och man kunde se att åtta hål borrats i betongen. Då laddningen detonerade hade betong och berg slungats ner i tunnelbanetunneln och det heta vattnet forsat ner i tunneln. John såg på borrningarna att de borrat snett ut från centrum på den del dom tänkte spränga bort. Han var ingen expert på sprängning men det måste vara ett sätt att rikta sprängverkan. Sprängningen var alltså professionellt utförd. Hur det såg ut i tunneln för tunnelbanan gick inte att se för det var redan form satt nerifrån. John hade nu varit så länge i värmen att han måste lämna tunneln. Han gick ut samma väg som han kommit och är han kom upp från tunneln var han så svettig att det nästan gick att vrida ur kläderna.

När John satt i bilen och var på väg hem slog det honom att när han varit med så här långt ville han också vara med på upplösningen på dramat. När han satt i kön för att passera utfartskontrollen ringde han till Bengt på mobiltelefonen. Han berättade att han varit nere i tunneln men att han inte skulle föra det vidare. Egentligen hade John inget där att göra. Bengt var intresserad av hur det såg ut och John berättade att hålet ner till tunnelbanan verkade vara väldigt professionellt utfört. Bengt bekräftade att polisen kommit fram till samma sak då de varit nere och inspekterat sprängningen. En annan sak som han fått reda på var att man säkrat fingeravtryck i schaktet där terroristerna varit vid sprängningen. Fingeravtrycken kom inte från Dan eller Simon. Simons fingeravtryck hade de funnit i Dans lägenhet. Polisen undersökte nu ägaren till Mum-Mum Godis. Hans namn var Levi Hajid och han var i femtioårsåldern. Han kom till Sverige för tjugofem år sedan, var Svensk medborgare och var gift med en moster till Simon. Han hade haft flera affärer och var ostraffad, polisen trodde att han varit inblandad i häleriverksamhet men de hade inte lyckats få någon fällande dom på honom. Det fanns så vitt polisen visste inget politiskt motiv för att han skulle delta i terrorverksamhet, möjligen kan det vara så att han fick pengar för att medverka. John berättade för Bengt att han tänkte åka till Sundbyberg, när polisen gjorde sitt planerade tillslag mot Mum-Mum Godis. En anledning var att han kände igen Simon och kunde identifiera honom den andra anledningen var att han helt enkelt ville att de skyldiga till vansinnesdådet skulle gripas. ”Polisen kommer att misstänka dig för att ha läckt till mig, är det OK för din del?” sade John. ”Hela poliskåren läcker uppgifter till pressen, så det spelar ingen roll med en läcka mer eller mindre," menade Bengt, "men du kan vara lite diskret, bäst är det om de inte ser dig."

När John kom hem förberedde han sig för morgondagens övningar. Han tog fram en karta över området längs Fredsgatan i Sundbyberg, han hade tidigare bott där så han hittade bra i området. På kartan prickade han in var affären låg och sedan försökte han göra en bedömning av var poliserna skulle vara. På baksidan av fastigheten låg Tornparken. Där antog han att de skulle ha en patrull som bevakade, de parkerade antagligen på Tornstigen och gick ner till fastighetens baksida när tillslaget skulle ske. Piketbussen som skulle göra tillslaget stod antagligen på Starrbäcksgatan så de kunde köra fram snabbt via Vattugatan vid tillslaget. Det var svårare att räkna ut var bevakningen befann sig. Var de i någon lägenhet på motsatt sida av Fredsgatan eller satt de i någon bil i närheten? Det var omöjligt att veta men för Johns del skulle han försöka hitta en parkeringsplats på parkeringsutrymmet mellan körfilerna på Fredsgatan i jämnhöjd med Vegagatan eller Duvgränd. Där var han så långt ifrån att polisen inte kunde se honom men han kunde se affären på långt håll och han kunde se om polisen körde fram, då kunde han gå dit och blanda mig med nyfikna, som skulle samlas.

Marketta hade kommit hem före John och lagat middag. Han hämtade Mikael från en kompis. Kompisens föräldrar såg nyfiket på honom, antagligen hade de hört att han blivit hämtad av polisen men han sade inget om anledningen till hämtningen. Det blev en lång middag, John berättade om sitt besök i tunneln. Han tänjde lite på sanningen och sade att han lovat polisen att vara på plats vid ett eventuellt tillslag i morgon. Marketta tyckte att han arbetade så mycket åt polisen att han borde få lön från dem.

Kapitel 19

Senare på kvällen höll stadsministern tal till nationen i kanal ett på TV. Han var klädd i en mörk kostym och bakgrunden var en film som visade den brinnande moskén på Södermalm. Han såg mer bekymrad ut än vanlig när han tittade in i kameran. När han började tala lät hans ord ödesmättade. ”Som de flesta säkert vet har det varit kravaller på Södermalm, en polis är dödad och ett hundratal mer eller mindre skadade.” här gjorde han ett uppehåll och bläddrade i sina papper, sedan fortsatte han. ”Men det är inte bara där det har varit eller pågår kravaller. I Hallunda och Husby pågår just nu upplopp och bilbränder. Regeringen har därför beslutat att i alla områden som drabbas av upplopp skall råda undantagstillstånd som det gör centrala staden. Det innebär att det är utegångsförbud efter klockan tio på kvällarna och polis och militär kommer att patrullera områdena ”. Här gjorde han ett uppehåll, lade från sig pappren och tittade in i kameran. ”Riksdagen har tagit beslutet att kalla hem alla trupper som nu är stationerade utomlands, där de utför FN uppdrag. Det kommer att ske med omedelbar verkan. Nato har meddelat att de inte kommer att bidra med trupper något som vi heller inte begärt. Våra grannar Finland har erbjudit sig att skicka trupper för att upprätta ordning och förebygga kravaller. Regeringen har inte tagit något beslut i den frågan än”. Efter de huvudnyheterna talade han än en gång om att nationen måste stå enad mot de krafter som hotade demokratin.

*

När färjan lade ut öppnade alla matsalar och barer och Simon gick till den mest diskreta matserveringen och åt en biff och stekt potatis. För ovanlighetens skull tog han också en halv flaska rödvin till. Trots att han var muslim drack han vin utom när han var hos släktingarna i Marocko. Efter maten kände han hur trött han var, det hade varit ett fruktansvärt dygn och han kände att han måste hitta någon plats att sova på. Han gick runt färjan och hittade en salong med flygstolar. Han antog att det var avsett för de som inte hade någon hytt, det var inte många där så han hittade en fönsterplats där han slog sig ner och vek ner stolryggen så mycket det gick. Utanför var det mörkt men han kunde se ljuspunkter i mörkret så han förstod att de fortfarande var i den svenska skärgården. Han hörde också ljudet av is mot fartygsskrovet och ibland gick det vibrationer genom fartyget. Han lutade huvudet mot ryggstödet och slöt ögonen. Att ge sig in i den här affären var det sämsta beslut han någonsin tagit. Hur såg hans framtid ut? Han önskade att han skulle vakna och allt skulle vara en mardröm. Han var så trött att han somnade nästan genast. Han sov oroligt som man gör i en flygplansstol och när han gick upp på morgonen var han öm i kroppen och kände sig fortfarande inte utsövd. Passagerarna på färjan började samlas och äta frukost i de olika matsalarna. Simon passade också på att äta frukost, han visste inte när han skulle få mat nästa gång. Klockan hade nu blivit åtta och han märkte att färjan lade till vid Helsingfors terminal. Han visste att den låg på gångavstånd från centrum. När passagerarna började gå i land väntade Simon tills de flesta hade gått. Han försökte se från färjan om det var någon kontroll men det syntes ingen. Han väntade ytterligare fem minuter innan han gick i land men det var ingen kontroll alls. Han drog en lättnadens suck och låste in resväskan i ett förvaringsskåp och började promenera mot centrum. Terminalen låg så nära centrum att han var vid Fisktorget efter tio minuters promenad. Det var fortfarande mörkt och kallt men det var konstigt nog torgförsäljning på torget. Det som förvånade honom var att det var så olikt Stockholm. Han såg inte till några invandrare och den delen av staden påminde mer om en småstad än en huvudstad. Det slog honom att det skulle bli svårare att vara anonym här än i Stockholm. Han började gå efter Norra Esplanaden och sökte efter turistinformation. Efter att frågat sig fram hittade han en slutligen ett kontor med skylten ”Turistinformation” samt något obegripligt som troligen var samma sak men på finska. De öppnade klockan tio så han fick vänta i tjugo minuter. När de öppnade visade det sig att det var två unga flickor som arbetade där vilket var tur för han hade märkt att det endast var de unga som kunde engelska i Finland. Han förklarade att han studerade till arkitekt i Paris och att han skulle skriva en avhandling om finsk arkitektur och därför ville han hyra ett rum centralt. Helst av någon privatperson men det var viktigt att hyresvärden kunde engelska. Flickorna rådgjorde med varandra och tittade i ett register. På frågan hur lång tid han tänkte stanna svarade han undvikande att det beror på hur lång tid arbetet tar men han kunde betala i förskott för en vecka. De ringde några samtal och pratade med varandra och nickade och vände sig till honom med en karta. De visade på kartan en adress på Jungfrustigen och sade att där bodde en frånskild kvinna som hette Järvinen i efternamn. Hon brukade hyra ut rum för kortare tider, var han intresserad? Han nickade och frågade efter priset. När han fick det verkade han bekymrad men sade ”OK jag tar det.” Värdinnan arbetade som engelsklärare men hon hade en dotter som var hemma så han kunde åka dit nu. Det passade honom bra. Att han ville bo privat berodde på att han inte ville visa pass, det gick inte att bo på hotell eller vandrarhem utan att legitimera sig. Simon gick till terminalen och hämtade resväskan, sedan tog han taxi till adressen på Jungfrugatan. När han ringde på dörren på nedre botten där som det stod ”Tola Järvinen” på öppnade en flicka i sjuttonårsåldern. Hon var liten till växten och såg på något sätt ovårdad ut, håret var tovigt och kläderna verkade för stora. Trots det såg Simon att under den ovårdade ytan hade hon tilltalande drag. Hon tuggade tuggummi och tittade värderande på honom och sade något på finska. Simon frågade på engelska efter Tola. Och flickan svarade på engelska med mycket brytning: ”Tola kommer vid fyratiden, är du den nya hyresgästen?” Han nickade och hon visade honom rummet. Rummet låg mot gatan och var större än han hade förväntat sig. Flickan stannade i dörren och sade att Tola var hennes mor och att hon hette Anja. Simon presenterade sig som Piere Leweck, namnet han också uppgivit på turistinformationen. ”Det är förskott på hyran så du kan ge det till mig,” sade hon. ”Det tar jag med din mor" sade Simon. På något vis kände han att Anja inte var pålitlig. Hon såg sur ut och gick utan att säga något mer. Rummet var trevligt inrett med en soffa, skrivbord med stol och en bekväm säng. Han packade upp och kopplade in datorn, som tur var fanns det tydligen en router i närheten för han kom in på nätet. Genom att googla på olika tidningar fick han en uppdatering om vad som hänt sedan han lämnat Stockholm. Han kunde inte hitta någon antydan att de hade några ledtrådar. Men eftersom de var så säkra på att det var muslimer som låg bakom verkade det som de hade något spår som de mörkade. Det slog honom att han kanske överreagerade med sin resa till Helsingfors men det var onekligen så att han inte hade någon plats han kunde bo på i Stockholm. Nu hade han rest till Helsingfors utan att lämna några spår efter sig. Nästa steg skulle vara att ta sig till Paris men först skulle han vänta så det lugnade ner sig lite. Halv fem kom Tola hem och knackade på hans dörr. Det visade sig vara en dam i fyrtiofemårs-åldern och även hon var liten till växten. Till skillnad från sin dotter var hon extremt välvårdad och pratade perfekt engelska om än med en viss brytning. Hon hälsade honom välkommen och visade var han kunde förvara kläder och var toaletten låg. Då han betalade såg hon glad ut och gav honom en nyckel. Simon antog att hon hade ganska dålig ekonomi. De pratade lite om Simons "jobb" i Helsingfors. Hon gav honom några tips om platser som han borde besöka. När hon skulle gå stannade hon till och sade det är en sak som du bör veta, min dotter har haft vissa problem med droger och skall in på rehabilitering nästa vecka. Det är viktigt att du inte ger henne pengar, risken finns att hon köper narkotika. Simon nickade och lovade att tänka på det.

Simon sov relativt bra den natten, även om han stördes av några mardrömmar. Det ingick inte frukost i hyran så vid niotiden tog han turistkartan och gick ut på staden, den första anhalten var ett café där han åt frukost och tittade på kartan för att se om det fanns något bibliotek i närheten. På väg till biblioteket stannade han vid en bokaffär och köpte ett skissblock och några skisspennor. På biblioteket gick han in på fackavdelningen och lyckades hitta några böcker på engelska om finsk arkitektur. Hela förmiddagen satt han och bläddrade i böckerna och gjorde lite skisser samt ritade in på kartan byggnader som han skulle besöka. Det låg en lunchbar i samma hus som biblioteket, så han åt lunch där. Han kunde konstatera att det finska köket hade mycket att lära av det franska. Under några timmar drev han runt och tittade på staden innan han återvände till rummet. Anja mötte honom i dörren då han kom till hyresrummet, hon nickade bara och gick in till sitt rum. Simon tittade om någon rotat i hans saker när han var ute men han kunde inte se att något förändrats men han bestämde sig för att alltid låsa resväskan i fortsättningen. Han gick in på datorn och googlade på sprängningen i Stockholm men han hittade inget nytt så han fortsatte att skissa på byggnader han passerat under dagen. Samtidigt skrev han anteckningar på franska om byggnaderna, han trodde inte att varken mor eller dotter kunde läsa det.

Dagarna fick ett visst mönster, lunch på café, besök på biblioteket, vandringar i staden. Efter tre dagar började han bli rastlös, han ville helst åka hem. Men hur? Att försöka åka tåg från Helsingfors såg han som en omöjlighet. Det var för många gränser som skulle passeras. Flyget ville han också undvika, det var för mycket kontroll, men han kom på ett sätt som kunde fungera. Om han tog färjan tillbaka till Stockholm, sedan tåg till Helsingborg, sedan åkte färjan till Köpenhamn- där var kontrollen mindre trodde han. Sedan kunde han åka lokalt i Danmark till tyska gränsen. Han hade hört att det var mycket trafik från Sverige och Danmark till Tyskland för att köpa billig sprit så han kunde antagligen göra den resan utan att visa pass eller registreras. Varje dag gick han in på nätet och följde utvecklingen i Stockholm. Det verkade som om spaningarna inte gav något resultat men att det blev mer kravaller med rasistiskt förtecken. Det resulterade i att moskén vid Medborgarplatsen brändes ner och att en kyrka i Tensta blev vandaliserad.

Kapitel 20

När Simon tillbringat fyra nätter i Helsingfors beslöt han att endast stanna den vecka han betalat för och sedan återvända till Stockholm för att påbörja sin hemresa men det blev inte så. När han varit i Helsingfors i fem dygn och som vanligt kom till lägenheten vid tretiden fann han att resväskan var öppen och innehållet tömt på sängen. Det kom som en chock, han letade febril efter pengar och pass som han haft i väskan. Pengarna var naturligtvis borta men passet låg på golvet. Han misstänkte genast Anja och sprang ut i lägenheten och sökte efter henne men hon var inte där. Om någon timme skulle Tola komma hem, vad skulle hända då? Skulle hon blanda in polisen i sitt sökande efter sin dotter? Det var en risk han inte ville ta. I plånboken hade han ungefär tre hundra euro, det skulle räcka till att resa till Stockholm men inte till Paris. Med tanke på att han inte hört att någon blivit gripen i nyheterna så skulle han kunna titta in i godisaffären i Sundbyberg och få pengar av Levi för den fortsatta resan. Alternativet var att börja använda sitt eget kort, men om han var efterlyst så skulle det vara en katastrof. Det gick en färja på kvällen, den skulle han hinna med. Han plockade snabbt ner sina saker i väskan, det som saknades var pengarna och han undrade om Anja noterat att det stod ett annat namn i passet än det han angivit. Då han gick lämnade han ett brev där han tackade för tiden han bott där men att han måste återvända till Stockholm i ett brådskande ärende. Han avslutade med "PS. Anja var inte hemma när jag kom hem."

För att spara på pengar gick han till färjeterminalen, det tog ungefär fyrtio minuter och han var där en halvtimme innan färjan skulle avgå. Då han köpte biljett använde han samma trick som han använt i Stockholm, pratade franska. Det fungerade nu också. Då han gick ombord på färjan var det endast biljettkontroll så det var bara att passera. Trots att Simon inte hade så mycket pengar kvar åt han ändå middag i kafeterian och sökte upp flygstolarna som han antog skulle finnas. Det var inte samma färja som han åkt till Finland med men den var snarlik den. Den natten sov han nästan inget, det verkade som det var fler som åkte med färjan denna gång. Fulla ryssar förde väsen en stor del av natten och han sov endast några timmar, och då oroligt. Då färjan anlände till Stadsgården gjorde han som förra gången, han gick av sist. Det var ingen kontroll nu heller så det var bara att gå iland. Det första som slog honom då han gick i land var brandlukten, det kändes som att komma in i en krigszon. Med nerdragen mössa började han gå mot Södra station, det var poliser och uniformerad personal överallt. Simons plan var att han skulle gå till Södra station, ta pendeltåget till Sundbyberg och få pengar av Levi. Efter det skulle han åter ta pendeltåget till någon av stationerna som fjärrtågen passerade. Centralen var fortfarande stängd. När han kom till Medborgarplatsen såg han att hela området runt moskén var avspärrat och att det fortfarande rök av branden som nu var släckt. Området bar tydliga spår efter kravaller, sönderslagna fönster, sprejade slagord på väggarna och skräp på gatorna. Han försökte så obemärkt som möjligt ta sig in på Södra stationen och lyckades utan att bli stoppad. Det tog lång tid innan det kom något tåg, tidtabeller existerade inte längre men slutligen fick han plats på ett fullsatt tåg med destination mot Sundbyberg. Resan tog längre tid än det brukade, av någon anledning stannade det flera gånger men slutligen var det framme i Sundbyberg. Simon visste att det var en bit att gå till godisaffären så han låste in väskan i ett förvaringsskåp och började gå mot affären längs Järnvägsgatan. Det slog honom att han inte följt utvecklingen på nätet hur spaningarna efter terroristerna utvecklade sig.

När han kom fram till Starrbäcksgatan och började gå uppför backen mot affären såg han att gatan var avspärrad och mycket folk stod längs avspärrningen. Simon fick en chock, var de avslöjade? Visste de att han var inblandad? Han kände hur han blev kallsvettig och illamående. Han gick fram till avspärrningen och frågade en yngling vad som pågick, han svarade ”Det är tydligen någon i godisaffären som polisen skall gripa men de våga av någon anledning inte gå in i affären.” Simon försökte se likgiltig ut och tände en cigarett. Hans första impuls var att fly men samtidigt ville han veta vad som hände. Han hade ingenstans att fly, inga pengar, ingen bekant han kunde kontakta. Hans farbror hade antagligen gripits så honom kunde han inte kontakta. Det var i alla fall ingen som kunde känna igen honom så han började gå runt polisens avspärrning. Det var mycket folk samlade där så det var lätt att försvinna i mängden. När han kom till tunnelbanestationen vid Duvbo såg han affären tydligast. Han ställde sig vid avspärrningen och såg att polisen tydligen bevakade ingången till affären. De pratade i en högtalare på Svenska som han inte förstod men sedan tog en polis som tydligen kunde arabiska mikrofonen och uppmanade dem som var i affären att komma ut med händerna synliga. Simon förstod att det bara var en tidsfråga innan någon skulle känna igen honom. Enda chansen var att gå och se om bilen stod kvar på parkeringen vid Solvalla. När han vände sig om för att gå stod han plötsligt ansikte mot ansikte med mannen han fått ritningar av då han arbetade på Fortum. Simon reagerade snabbast.

*

Klockan sex ringde Johns mobil som han ställt på väckning. Medan han åt frukost lyssnade han på nyheterna. Huvudnyheten var att en trolig terrorist dödats då han skulle gripas. Polisens presstalesman berättade att mannen som skulle gripas för att förhöras om sprängattentatet hade fallit från balkongen i samband med att polisen skulle hämta honom. Mer detaljer kunde de inte lämna ut på grund av att utredningen fortfarande pågick. Men han tillade, lite ologiskt, att de gjort fynd i lägenheten så de räknade med att ytterligare gripanden skulle ske inom kort.

Vad det var för fynd kunde han inte avslöja. På frågan om hur många som var inblandade svarade polisen att de nu hade en god bild av hur många det var men av utredningstekniska skäl kunde han inte avslöja det. John noterade att de inte nämnde när tillslaget skett. Kanske hade medierna blivit tillsagda att inte ställa den frågan.

Det kunde bli en lång väntan så han tog varma kläder och en termos med kaffe och smörgåsar med sig. Det var fortfarande mörkt när han åkte vid sjutiden och under resan satt han och lyssnade på bilradions program ett. Mobilen stängde han av, han var rädd att de skulle ringa från Värtan och han ville inte ljuga i onödan. När John kom till Sundbyberg körde han långsamt förbi affären för att se om det var någon aktivitet där men det var helt dött och han kunde se på en handskriven skylt att det var öppet mellan 09:00 och 18:00. Klockan var inte nio än så affären hade inte öppnat. John hittade en parkeringsplats nära korsningen Vegagatan och Fredsgatan. Han kunde med en viss möda se affären men det var på långt håll. Han slog på radion, tyst för att inte dra till sig uppmärksamhet. Som tur var det väldigt lite folk i rörelse men en närbutik låg i närheten och den skulle öppna kl. 10:00 då skulle det antagligen bli mer folk. Han lindade in sig i en filt och satte sig i baksätet där han såg affären bäst, och började vänta. Det blev snabbt kallt i bilen och han var glad att han tagit så mycket kläder på sig men han kände ändå hur kylan kom krypande när han satt stilla. Efter en halvtimme när affären skulle öppna såg han en rörelse framför affären och dörren öppnades. Det gick så fort att John inte hann få upp kikaren som han hade med sig så han såg inte vem som gick in i affären men det bör ha varit ägaren. Ytterligare en halvtimme förflöt utan att det hände något. Det hade ljusnat och mer människor rörde sig längs trottoarerna. Det blev svårare att kontrollera om någon kom eller gick in i affären men han skulle inte gå dit innan polisen kom så det spelade inte så stor roll. Vid halv elvatiden hade fortfarande inget hänt och John frös ordentligt. Han drack kaffe och åt smörgåsarna och funderade på om han skulle åka hem.

Han beslöt sig för att gå en liten sväng. Han ville inte gå förbi affären för då skulle poliserna se att han var där så därför gick han längs Vegagatan till han kom till Starrbäcksgatan, där tittade han noga efter piketbussen men såg ingen så han följde Starrbäcksgatan till han kom till Tulegatan. När John kom till T-stationen vid korsningen Tulegatan och Fredsgatan stannade han och funderade på vilken väg han skulle ta för att komma till bilen utan att passera affären. Det var inte mycket folk i rörelse och han tittade noga om det var någon som såg ut som spanare men han såg ingen som såg misstänkt ut.Just när John beslutat sig för att följa Tulegatan såg han blåljus vid affären. En polisbil och en piketbuss körde upp framför men John såg inga poliser springa in i affären. I stället kom två poliser springande mot hans håll och motade undan människor som gick på Fredsgatan. De ställde upp koner med polismärken och drog blå-vita plastband så att Fredsgatan blev avspärrad. Det tog ungefär tio minuter innan avspärrningarna var klara och Då gick det inte att komma närmare än hundra meter från affären. Han gick fram till avspärrningen, det hade redan samlats ganska många människor där. John såg att polisen hade parkerat bilarna så att de skyddade poliserna som stod närmast affären. Var de rädda för att bli beskjutna därifrån? Han kunde höra av de som stod runt honom att ingen hade en aning varför polisen var där. När avspärrningarna var klara tog en av poliserna en bärbar högtalare och ropade: ”Det är polisen, huset är omringat kom ut med händerna väl synliga.” Ingen reaktion, meddelandet upprepades men inget hände. Det samlades mer och mer människor och John hörde att de började se ett samband med polisens uttalande tidigare på morgonen. Någon pratade upprört om att det måste vara terroristerna som de skulle arrestera. Det spred sig som en löpeld i folksamlingen. Han funderade på om han skulle kontakta poliserna men han hade egentligen inget att säga så han avstod. Inget hände, polisen med högtalaren gjorde ett nytt försök utan någon reaktion. Det hade också kommit några tv-bussar som riggat upp kameror på bussarnas tak. Man kunde säga att showen hade börjat. John märkte att stämningen blev mer och mer irriterad. Någon skrek till polisen: ”Är det terrorister i affären skall ni väl gå in och hämta dem, det är det ni har betalt för.” Han gick längs avspärrningen för att se om det var någon som han kände där. Plötsligt såg John en mager, ganska lång ung man som stått vänd mot affären men nu vände sig om för att gå mot tunnelbanan och som verkade bekant. Han upptäckte

John samtidigt och ett ögonblick blev de stående och tittade på varandra. Den unga mannen reagerade snabbast och gav John en våldsam knuff i bröstet så han ramlade baklänges och började springa mot tunnelbanan. Det var Simon. John ramlade i snömodden utan att slå sig och kom snabbt på fötter. Han började springa efter Simon samtidigt som han skrek något, han minns inte vad. Simon hade fått ett försprång och var troligen snabbare än John men John såg att Simon tydligen hade halare skor än han och var nära att tappa balansen flera gånger. En gång föll han men kom snabbt upp. John tog in på honom. När de närmade sig tunnelbanenedgången var John nästan ikapp honom. När de rusade in genom tunnelbanans dörrar hann John ikapp Simon eftersom det kom ut människor som blockerade vägen för honom. John fick tag i huvan på Simons täckjacka med vänster hand, Simon vände sig och slog samtidigt en sving med sin vänstra hand mot huvudet på John. Slaget träffade tinningen och John såg blixtar men som tur var hade Simon inte knutit handen så det blev mer som en hård örfil. Reflexmässigt slog John med höger hand mot huvudet och han hade handen knuten. Slaget träffade över näsan och Simon ramlade omkull. Men han var inte utslagen utan började resa sig. John tog ett steg mot honom för att han inte skulle komma undan. Plötsligt låste någon hans armar bakifrån. ”Jävla huligan,” hörde han någon säga, ”hämta polisen.” Armarna satt som i ett skruvstäd och Simon såg chansen och började springa mot spärrarna. ”Släpp för fan, det är en av terroristerna” skrek John, men greppet runt armarna släppte inte. Desperat kastade han huvet med all kraft bakåt och kände att han träffade angriparen i ansiktet med sitt bakhuvud, greppet släppte och han hörde en svordom. Simon hade nu rusat genom spärrarna och var på väg ner för rulltrappan. John rusade efter innan några fler ”räddare” skulle ingripa. Rulltrappan är ganska lång och han såg att Simon nästan var nere när han började rusa ner för trappan. När man ser denna situation på film brukar alltid ett tunnelbanetåg komma som skurken eller hjälten hoppar in i men detta var ingen film och det kom inget tåg. Det var ungefär tio personer på perrongen, Simon stod längst bort från rulltrappan vid tunnelmynningen.

Kapitel 21

Simon tittade mot tunneln och hoppades antagligen att det skulle komma ett tåg. John började gå mot honom, han ville distrahera honom till polisen kom. När Simon fick se honom stack han ner handen i fickan och tog upp en fällkniv som han höll framför sig. John stannade ungefär tio meter från honom. Simon var blodig i ansiktet och blicken var desperat.”Take it easy” sade John och gjorde en lugnande gest med händerna. ”Jag hoppar,” sade Simon och nickade mot spåret. Han hade tydligen lärt sig lite svenska under det halvår han varit här. ”Vänta tills tåget kommer,” sade John. Simon såg förvånad ut, antagligen förstod han inte vad han sa. John tog några steg mot honom men det resulterade i att Simon blev aggressiv och började gå mot John med kniven framför sig. Han vågade inte vända sig om och springa, på det torra golvet sprang Simon säkert fortare än honom. John behöll ögonkontakten och backade. Människor som var på perrongen såg vad som höll på att hända och skrek ”ring polis” samtidigt som de drog sig mot andra delen av perrongen. Som tur var sprang Simon inte, han avancerade mot honom med kniven redo. John försökte prata med honom på engelska och svenska, han minns inte vad han sade men han minns att han aldrig varit så rädd som då. John hade backat så långt att han närmade sig rulltrappan och kunde inte komma längre. Han stannade med händerna höjda och skrek ”kom igen dit as” mest för att peppa sig själv. Simon stannade och tvekade.

Plötsligt hörde John en myndig röst bakom sig. ”Släpp vapnet!” Han vände sig om och fick se en polis med draget vapen som kom ner för rulltrappan. Simon såg villrådig ut. John skrek ”drop the knife”, men Simon stod kvar med kniven i handen. John vände mig till polisen och skrek ”Skjut, den där djäveln har mördat över sjuhundra personer”. Ytterligare en polis med draget vapen kom ner för rulltrappan och Simon släppte kniven. Polis nr två var Hasse, ledaren i piketbussen. Simon fick lägga sig ner, visiterades och fördes bort med handbojor på. Hasse tittade undrande på John och frågade vad han gjorde där. ”Jag råkade gå förbi,” sade John, ”och då dök Simon upp.” Du skall följa med till bussen och lämna en rapport, förresten är du skadad?” frågade Hasse. ”Lite skärrad, men annars OK,” svarade John. De lämnade tunnelbanan. Utanför hade det samlats mer människor och fotografer. En man som stod i en klunga skrek ”Där är han som överföll invandraren och skallade mig”. Han var mycket riktigt svullen i ansiktet. ”Vi tar hand om det här,” sa Hasse och förde John förbi avspärrningarna till piketbussen. Han märkte att han hade ett sår i bakhuvudet som blödde ganska kraftigt. Det var antagligen framtänderna på ”räddaren” som förorsakat det. Polisen sade att han skulle åka till sjukhuset för att få en stelkrampsspruta men det behövdes inte, John hade nyligen fått en i samband med ett hundbett. Han blev omplåstrad av en sköterska som var där.

Inget hade förändrats, affären var omringad av poliser men de hade ännu inte fått kontakt med dem som stängt in sig. Hasse sade att de trodde att terroristerna hade sprängmedel. Det var därför de inte gått in i affären men alla lägenheter runt var utrymda. John berättade att han fått reda på tillslaget och åkt hit för att han kanske kunde hjälpa till med identifieringen. John utelämnade Bengt, Hasse förstod säkert var han fått uppgifterna från men han pressade honom inte på den punkten. ”Du kan åka hem om du vill,” sade Hasse men det kommer att bli ett förhör längre fram. ”Om du vill stanna som privatperson kan jag naturligtvis inte hindra dig men du måste lova att inte säga något till pressen, de kommer att vara på dig som hökar när du lämnar bussen,” John lovade att inget säga. Mycket riktigt, när han lämnade bussen blev han omringad av reportrar och TV-kameror och frågorna haglade. ”Var det en terrorist du jagade? Var det inte du som var i tunneln, och klarade dig?” ”Jag har lovat polisen att inget säga,” svarade John. ”Det är ett löfte som jag tänker hålla.” De såg sura ut men lämnade honom när de förstod att han inte skulle berätta något.

John gick omkring en stund i folkhavet och lyssnade på vad som sades, ryktet hade redan tagit fart: ”De har gripit en terrorist som var arab,” fick han höra. ”Resten av ligan har barrikaderat sig i affären, nu skall de hämta militärer och storma affären, sade någon annan.” John kunde inte låta bli att inflika: ”Skall de flygas hit från Afghanistan?” Han som kommit med påståendet såg förvånad ut. John tillade: ”De kan ju hämta högvakten,” det är väl den enda militärer som finns i Sverige. Det hade kommit fler poliser och en helikopter svävade ovanför, det verkade som om poliserna förberedde en stormning av affären.

Egentligen ville John åka hem för han kände sig fortfarande skärrad efter jakten på Simon, men samtidigt var han nyfiken på vad som skulle hända. Hasse hade berättat att affärens ägare gått in i affären och sedan hade ytterligare en man som dom inte kunde identifiera gått in i där. Polisen hade väntat tills dom förstod att det inte var någon vanlig kund och sedan hade dom omringat affären. Det var alltså två personer i där inne. Polisen började prata i högtalaren igen, denna gång på arabiska. John misstänkte att det var den kvoterade polisen i piketbussen som skötte snacket. Troligen var det något om sista chansen innan de skulle de storma affären för han såg att poliser i kravallutrustning närmade sig dörren. De gick tryckta mot väggen från varsitt håll mot dörren. Samtidigt såg John att polisen vid den polisbil som stod närmast dörren siktade med något som såg ut som ett gevär mot affären. En dämpad knall hördes och skyltfönstret splittrades i en kaskad av splitter.

Det var tyst några sekunder, poliserna stod på var sida om dörren men de rusade inte in. Plötsligt hördes en våldsam explosion, dörren och en del av ytterväggen slungades ut på gatan. Eldflammor och rök slog ut genom hålet som bildats i väggen. Poliserna drog sig tillbaka och det gick ett sorl genom åskådarleden som förskräckt drog sig undan. Några brandmän kom springande med en vattenslang, John hade inte sett dem tidigare. Inne i affären hade det börjat brinna men elden släcktes snabbt då de sprutade vatten in genom hålet i väggen, men rökutvecklingen ökade. Två brandmän med rökdykarutrustning och starka ficklampor gick in genom hålet. Efter några minuter kom de ut med något som måste varit kroppen av en av de misstänkta terroristerna, kroppen lades genast in i en ambulans som med sirenerna på snabbt åkte mot Karolinska. Ytterligare en kropp släpades fram och lastades i en annan ambulans för transport till samma ställe. Att någon skulle ha överlevt i affären verkade otroligt- senare visade det sig att en av terroristerna levde då de hämtade honom men han hade avlidit i ambulansen. Tack vare TV-sändningarna hade det nu samlats mycket folk, stämningen var upphetsad och poliserna försökte skingra folkmassan. John tänkte att människor är som hyenor, de dras till blodlukten. Det var inte lätt att ta sig ut ur folkmassan som trängde på mot polisens avspärrningar. Han gick en omväg över Tornparken till sin bil. När John kommit ut från trängseln som uppstått i området började han köra hemåt men vid avfarten till Bromma flygplats svängde han av och körde upp till parkeringsplatsen som ligger på höjden bakom terminalen. Väl framme stängde han av motorn på bilen. När mobiltelefonen började ringa stängde han av den också.

Det kändes konstigt nu när allt var över, på något vis overkligt. Som att vakna från en mardröm men utan att känna lättnaden att det var bara en dröm. Vad kan driva en människa att döda över sju hundra oskyldiga? Är man negativ brukar man säga att människor är som djur men det är väl en förolämpning mot djuren. John tänkte på folkmassan som samlades vid affären och tanken slog honom att det säkert inte var svårt att fylla läktarna vid de grymma gladiatorfäktningarna på

Colosseum. Hans arbetskamrater som dog i tunneln, hann de uppfatta vad som hände innan de gick en kvalfull död till mötes? Han tittade ut över flygfältet, landningsbanorna bildade ett grått kors i den vita snön. Ett flygplan kom in för landning. Folk strömmade ur planet, alla verkade ha bråttom in i terminalen. Livet går vidare. Snart kommer händelsen att kallas tunneldramat och läggas till de andra dramerna Palmemordet, Estonia och 11 september. John började köra hemåt, i bilradion avlöstes inslagen om polisens tillslag med intervjuer av ögonvittnen till sprängningen av affären. En expert kallade sprängningen ett riktat självmord, terroristerna trodde att polisen slog sönder fönstret och tanken var att de skulle ta med sig poliserna i döden, de förstod inte att det var tårgaspatroner som slog sönder fönstret.

En annan nyhet var att fjärrvärmen var provisoriskt lagad och man kunde se på en karta på TV1 vilka kvarter som fått värme. De som lämnat sina lägenheter kunde återvända hem. John visste att det var mycket jobb framöver, ledningar som frusit sönder, ledningar som måste avluftas, läckage på grund av temperaturförändringar. Han stängde av radion och stoppade in en cd i bilradion. Nu fick det vara nog med elände, han ville bara komma hem till familjen och tänka på något annat än katastrofer och sabotage. För honom var tunneldramat över.

Kapitel 22

Simon blev visiterad på perrongen och sedan fördes han av två poliser till en av pikébussarna som stod utanför. De var arroganta och höll honom onödigt hårt i armarna och knuffade honom genom dörren. Där blev han visiterad en gång till, dom tog hans plånbok och allt han hade i fickorna. Nyfikna åskådare trängde sig närmare bussen och de började skandera ”Jävla mördare”. När poliserna tittade på hans körkort nickade de och sade: ”Det är han.” Den kvoterade polisen kom fram till honom och sade på arabiska: ”Vi skall köra dig till häktet på Kungsholmen, du har rätt till advokat. Du kan fundera på vilken du vill ha.” Simon nickade och var glad då de körde, eftersom han var rädd för människomassan verkade bli mer och mer hotfull och de som stod längs vägen då dom körd ut från Fredsgatan hytte med nävarna och skrek något som Simon inte förstod.

Färden gick under tystnad, den kvoterade på ena sidan och en av de andra piketpoliserna på andra sidan. ”Det kunde inte vara värre,” tänkte Simon och han undrade vad han skulle få för straff. Var inte straffen i Sverige väldigt milda? Han försökte komma ihåg vad Gad sagt. När de kom fram till Kronobergshäktet fick de gå in genom en bakdörr och åka hiss till vad Simon tyckte var en av de översta våningarna på häktet. Där gick de i en korridor fram till ett rum som såg ut som någon form av reception med en disk som det stod en uttråkad vakt bakom. Han ställde fram en låda och sade: ”Tag av dig skor och alla kläder och lägg i lådan.” ”Jag klär inte av mig inför publik,” svarade Simon. Den kvoterade polisen sade: ”Det var ingen fråga, det var en order. Om du inte tar av dig direkt kommer vi att göra det, och det kommer du inte att gilla.” ”Jävla förrädare,” sade Simon. Den kvoterade polisen tog ett hotfullt steg mot honom, men den andra polisen grep honom i armen och höll honom tillbaka. ”Det är lika bra att du vänjer dig vid att strippa din förbannade mördare för de närmaste tjugo åren kommer du att bli röv knullad på Hall,” skrek den kvoterade på arabiska som bara han och Simon förstod. Den andra polisen log uppskattande mot sin kollega. Simon klädde av sig och fick ta på sig något som liknade en träningsoverall som satt dåligt, han fick också tofflor som var två nummer för stora. Han fördes genom en lång korridor med en mängd låsta ståldörrar. Vakten tittade på en lapp som han hade och stannade vid en dörr som han låste upp. Cellen var ungefär 2,5x3 m och möblemanget bestod av en säng, ett litet skrivbord och en stol. Det fanns också ett litet fönster med galler för, som inte gick att öppna. Väggarna var ursprungligen vita men nu gråaktiga och smutsiga. Vid dörren satt en knapp som man kunde ringa på vakten om man till exempel ville gå på toaletten. Han föstes in i cellen och polisen som pratade arabiska sade: ”Hoppas du trivs i ditt nya hem.” Hans kollega log skadeglatt och dörren stängdes med ett skramlande ljud. Simon hörde deras steg avlägsna sig i korridoren.

Han satte sig på britsen och lutade huvudet i händerna. Han hade förlorat allt, alla var döda: Hans farbror, Levi och hans första och enda kärlek Cherie. Hans bror satt på Guantanamo, hans egen framtid var förstörd. Simon hade inte sett att Al-Qaida tagit på sig attentatet eller hotat med fler attentat om inte Guantanamo stängdes. Allt hade alltså varit förgäves. Den enda som klarat sig var Gad, som startat allt. Simon började hata honom.

Dagarna kändes oändligt långa, mat tre gånger om dagen, promenad på en liten rastgård på taket en timme om dagen. Ingen TV eller tidningar och lyset släcktes vid niotiden, han visste inte exakt för han hade ingen klocka. Första dagen kom en vakt och frågade om han hade namn på någon advokat som han ville ha. Simon kände inte till någon så han skakade på huvudet och vakten försvann. Den andra dagen som han satt där kom en advokat som hette Arfat, som antagligen blivit vald som försvarare för att han kunde arabiska. Det var en liten och nervös man och det kändes som om han tagit jobbet för att han var i behov av pengar. Han plockade i sina papper och frågade om Simon hade några önskemål. Han sade att han ville komma i kontakt med sina föräldrar och syskon, han ville också ha tillgång till TV och tidningar eller böcker. Advokaten lovade att kontakta hans föräldrar, då det gällde tidningar och böcker så var det beslutat att han inte skulle ha tillgång till det innan förhören var klara. ”Vad kan man förvänta sig för straff?” Var nästa fråga. I värsta fall blir det livstid, sade advokaten. Det är inte tidsbegränsat men efter en tid omvandlas det till tidsbegränsat straff. I medeltal sitter de som fått livstid mellan 14 och 18 år men den fånge som suttit längst har suttit 32 år. Det är häktningsförhandlingar i eftermiddag. "Nu skall vi gå genom vad som kommer att hända då och hur vi skall lägga upp försvaret."

Häktningsförhandlingarna hölls i en mindre sal som låg i anknytning till häktet. Närvarande var domare, åklagare och försvarsadvokaten och naturligtvis Simon. Först fanns det också åskådare, som det verkade mest journalister. Domaren började med att fråga om förhandlingarna kunde hållas på engelska, för han trodde att alla kunde det. Samtliga gick med på det. På begäran av åklagaren skulle förhandlingarna ske inför lyckta dörrar. Då alla åskådare hade lämnat rättssalen överlämnade åklagaren en skriftlig begäran om att Simon skulle begäras häktad. Han var på sannolika skäl misstänkt för att deltagit i "grov allmänfarlig ödeläggelse" och mord på 743 personer. Båda anklagelsepunkterna bestraffas med livstids fängelse. Domaren vände sig till Simon och hans advokat och frågade om Simon erkände sig skyldig eller inte skyldig? Simons advokat reste sig och sade "min klient anser sig i lagens mening vara skyldig, men anser att han blivit lurad av upphovsmannen som är bosatt i Frankrike". Advokaten tog ett djupt andetag och fortsatte, "min klient vill därför så mycket som möjligt hjälpa till med att utreda brottet och medverka till att huvudmännen också straffas". Advokaten tittade mot åklagaren och sade:" Jag är övertygad om att min klients samarbetsvilja resulterar i ett kortare fängelsestraff.” Åklagaren svarade att det naturligtvis inte gick att utlova en mildare dom men han var övertygad om att juryn i den kommande rättegången skulle ta hänsyn till att Simon samarbetade.

Kapitel 23

När man läser i tidningen om al-Qaida, får man en bild av en terroristorganisation som befinner sig i krig med alla icke muselmanska länder. Det är en felaktig uppfattning som spridits ut av i första hand USA som drabbats hårdast av deras terrordåd. Det är lika ologiskt som att säga att motståndsrörelsen i Frankrike under andra världskriget var en organisation, i själva verket var det spontant bildade celler som började motarbeta tyskarna i samband med Frankrikes kapitulation. Visserligen fick de stöd av västmakterna men drivkraften kom från den ockuperade befolkningen. Det är samma sak med al-Qaida, det är celler som spontant bildas och som ingår i ett löst nätverk. Usama Bin Ladin har aldrig varit ledare för al-Qaida men han var den mest kända ledaren i en cell som ingick i nätverket. När USA lyckades döda honom 2011 var det enda som hände att en cell blev tillfälligt utslagen. Kriget mot al-Qaida går att jämföra med motståndsrörelsen under andra världskriget . Ser man med tyska ögon var de terrorister som skulle bekämpas med alla medel men det är alltid segraren som skriver historia så vår bild av det som hände är en annan.

Ledaren för den cell som fanns i Paris hette Gad, eller Gad Scharim som var hans hela namn. Att han var ledare för den cell som så framgångsrikt organiserat sprängningarna i London, och nu senast i Stockholm, var det ytterst få som kände till. Att han var så okänd av alla inklusive CIA var ett tecken på att han var framgångsrik, man kan säga att han var betydligt mer framgångsrik, och farligare, än Bin Ladin. Det enda man visste om honom var att han ursprungligen kom från Alger, att hans far varit rabbin och att han var ingenjör, utbildad i Paris. Varför han blivit terrorist eller var han tidigare varit bosatt och vad han egentligen arbetat med tidigare var det ingen som visste. Han fick arbetet som lärare på högskolan genom rekommendationer från en lärare han hade då han själv studerade. Om hans privatliv visste man att han var fyrtiotre år, ogift och bodde i en två rums lägenhet i centrala Paris. Han verkade ha lite pengar på banken men inga större summor. Han hade ingen bil, vilket är ganska vanligt om man bor centralt. Senaste semestern hade han varit i Algeriet, troligen för att träffa släkten. Han var troende muslim och gick till en närliggande moské minst en gång i veckan men han var ingen extremist och han klädde sig västerländskt. Han verkade vara en ensamvarg, när han inte gick till moskén var det ofta något bibliotek han besökte.

När franska säkerhetspolisen granskade honom i samband med attentaten i London reagerade de på att inga kvinnor verkade finnas i hans liv. De misstänkte att han möjligen kunde vara homosexuell men de hade inga belägg för det. Han verkade inte vara känd på gaj barer eller bastuklubbar. Gad var en gåta för utredarna, de kunde inte hitta något motiv till hans agerande och det enda de egentligen hade var att Simon pekat ut honom som den ansvariga för bombdådet i Stockholm.

*

Gad Sharim var orolig och följde utvecklingen på nätet. Effekten av attentatet blev större än de räknat med. Av attentatsmännen hade tre blivit dödade men Simon hade överlevt. Han visste inte om Simon skulle ange honom eller hålla tyst och ta sitt straff. Gad visste inte att Simons fästmö varit i ett av tunnelbanetågen och hade blivit dödad vid attentatet, om han vetat det skulle han nog inte litat på att Simon skulle vara tyst. Han vankade fram och tillbaka och rökte den ena cigaretten efter den andra. Egentligen var det otur att Simon överlevt, om han inte gjort det var Gad övertygad om att han själv skulle klarat sig. Han funderade på om han skulle hålla sig undan tills han visste om Simon tänkte ange honom. Han började packa en väska med de viktigaste sakerna som han skulle behöva de närmste dagarna. Passen var det viktigaste, han hade ett pass utställt på Sebulon Pirnam som han tänkt använda i sådana här situationer. Det lade han i väskan. Han hade tänkt hyra en bil och lämna landet den vägen. Precis när han skulle gå ringde det på dörren. Gad tvekade men förstod att han blivit sedd från gatan så han öppnade. Det stod två civilklädda män utanför som Gad antog var poliser. Gad var förvånad för att han inte kände igen männen. Tidigare när han blivit hämtad hade det alltid varit samma poliser som kom. De här såg inte ut som poliser de var storväxta och välklädda och såg snarare ut som livvakter än poliser.

”Vi har några frågor vi skulle vilja ställa till dig,” sade den ena. ”Jag har inte tid,” sade Gad, ”jag skall just resa på semester några dagar. Ni har kommit för att ställa frågor varenda gång det sker ett attentat," sade han, "men varenda gång har ni tvingats släppa mig för jag har varit oskyldig." Männen skrattade hånfullt: "Vem har pratat om attentat?" Sade den ena, "vet du något om ett attentat?" "Kan jag få se polisbrickan," sade Gad. Den ena av männen tog upp ett kort ur fickan och Gad sträckte sig efter det men då tog den andra mannen tag i hans handled och satte snabbt på honom en handboja så att han och Gad kopplades samman. "Vad fan gör ni" skrek Gad, "jag har rätt att prata med min advokat." "Visst, men nu följer du oss och sedan får du prata med din advokat." Den andra mannen tog hans väska och öppnade den. Han höll triumferat upp det falska passet. "Vi har tydligen tagit fel kille sade han när han bläddrat i det. Den här killen heter tydligen Sebulon men bilden föreställer dig Gad," båda agenterna skrattade och en av dem sade: "men du skall få chansen att förklara." Gad följde med under protester ut till bilen som stod och väntade utanför.

Nu började Gad bli riktigt orolig, det var ingen polisbil som väntade på honom det var en CD-märkt svart limousin. "Det här är kidnappning" skrek Gad, när de tvingade in honom i baksätet. "Håll käften annars söver vi dig" sade mannen som satt på honom handbojan. Det satt en chaufför vid ratten och de andra två satte sig på var sida om honom. "Jag kommer att anmäla er för kidnappning," sade Gad. "Polisen vet redan att vi hämtat dig," sade en av männen, "men det får du ta med din advokat." Båda drog på munnen som om de sagt något roligt. Färden fortsatte under tystnad och Gad märkte att de inte var på väg till polisstationen. Då de åkt en stund insåg han att dom troligen var på väg mot flygplatsen. Nu var han bli riktigt orolig. ”Är ni Israeler?” Frågade han men ingen svarade. När de kom till flygplatsen svängde de in genom en grind som låg nära hangarerna. Där var en vaktkur vid grinden och en av männen klev ut ur bilen och gick fram till vakten och visade några papper. Vakten kom ut och tittade in i bilen, nickade och öppnade grinden. De körde förbi några uppställda flygplan och stannade vid ett mindre plan som stod en bit från de andra. Det lyste i planet och dörren med en trappa var öppen. Gad fördes in i flygmaskinen, han märkte att det inte var anpassat för passagerare utan snarare transporter men det fanns några stolar i främre delen av planet och dit fördes Gad. Han låstes fast med handbojan vid armstödet och en av männen ropade in till piloten: ”det är klart du kan starta.” Vart är vi på väg? Frågade Gad när planet kommit upp i luften. ”Det vill du inte veta,” sade en av männen, ”men jag kan avslöja så mycket som att de har en ledig bur åt dig på Guantanamo.” Den andra vakten sade: ”Om vi hade varit Israeler hade du redan varit död.”

Kapitel 24

Löpsedlarna formligen skrek ut sitt budskap. ”En terrorist gripen tre dödade” en annan variant var ”Massaker i Sundbyberg två terrorister dödade” där var också en suddig bild av den sprängda affären. På nyheterna meddelades det att det skulle bli presskonferens med TV, radio och press på plats. Alla partiledare skulle vara med liksom polisens presstalesman.

Presskonferensen skulle ske i riksdagshuset kl. 17:00 och det var mycket stor uppslutning. Tre TV kanaler var representerade, en av dem var CNN. Det var polisen som började genomgången. Det visade sig att presstalesmannen var en kvinna. Hennes meriter, förutom att hon var kvinna, var att hon kunde framföra självklara påståenden och samtidigt se empatisk ut. Hon var tydligen inte uppdaterad på det som hänt så hon läste innantill från ett papper hon höll i handen. Med jämna mellanrum gjorde hon konstpauser och tittade med bedrövad min på den samlade pressen. Budskapet som hon läste var i korthet: ”Polisen har i dag sprängt den terroristcell som tros ligga bakom sprängningarna av fjärrvärmetunneln och tunnelbanan. Den officiella siffran på döda vid attentatet är 743 personer och ca 500 skadade. Vid tillslaget dödades två terrorister som sprängde sig själva vid stormningen av deras lokal. I samband med det greps en terrorist. Dagen innan dödades en misstänkt terrorist i Bandhagen då polisen gjorde ett tillslag mot en misstänkt lägenhet. Den gripna terroristen sitter nu på Kronobergshäktet. Häktningsförhandlingar kommer att inledas i morgon." Så långt hade hon inte kommit med någon nyhet, allt som hon sagt var redan känt av både pressen och stor del av allmänheten. Hon tittade ut över den samlade pressen och frågade: "Några frågor?" En skog av händer syntes, hon pekade på en. "Vilken nationalitet har de dödade och gripna terroristerna?" Två av de dödade är svenska medborgare och den överlevande terroristen har franskt medborgarskap. Nästa fråga var: "Jag har hört att alla inblandade ursprungligen kommer från muslimska länder, är de araber?" Hon skruvade på sig, tittade på sin chef och sade: "Jag kan inte avslöja mer av utredningstekniska skäl." "Du kan väl säga ja eller nej" vidhöll han som ställt frågan. Hon pratade med sin chef sedan svarade hon: "Ja det verkar så." Det gick ett sorl genom journalistgruppen, alla antecknade och Tv:n visade en närbild. I ytterligare femton minuter fortsatte utfrågningen men de flesta frågorna kunde inte besvaras av utredningstekniska skäl.

Därefter var det stadsministerns tur, han verkade samlad och som vanligt oklanderligt klädd i sin mörkblå kostym. Han stod tyst till sorlet lagt sig och sedan tog han tills orda. "Detta är en av de värsta händelser vi sett i Sverige i modern tid, detta är det pris man kan få betala för att vara en demokrati, samtidigt har vi visat att i en krissituation står nationen enad, då finns inga blockgränser. Det är därför jag samlat alla partiledare vid denna presskonferens. Vi har gemensamt beslutat att vi skall tillsätta en arbetsgrupp som skall titta på säkerhetsfrågor som berör infrastruktur." Det kom spridda applåder. Samtliga partiledare och språkrör såg mycket alvarliga ut, utom möjligen SDs partiledare. Stadsministern vände sig till pressen igen och sade: "Det är fritt att ställa frågor, ni får säga till om frågan är riktad till någon speciell partiledare." En ny skog av händer höjdes och stadsministern pekade på en. "Jag vill ställa frågan till SD," sade journalisten. "Vad anser SD om att det är muslimer som utfört attentatet?" SDs välklädda partiledare såg belåten ut, han hade fått den fråga han ville ha. Journalisterna såg förväntansfulla ut, nu skulle de få något att skriva om. SDs partiledare tog till orda: "Senast när vi hade presskonferens sade socialdemokraterna att det kunde vara ett nytt Utöya." Här gjorde han en konstpaus. "Inget kunde vara mer felaktigt, dådet på Utöya utfördes av en ensam galning. Attentatet i Stockholm har utförts av en grupp beväpnade terrorister. Landets huvudstad fick evakueras, vi blev flyktingar i vårat eget land." Han lät orden sjunka in hos åhörarna. "Sanningen är den att vi ligger i krig med al-Qaida." Nu höjde han rösten och upprepade: "Vi ligger i krig, men vi har inget försvar." Han gjorde en gest mot de övriga partiledarna, och fortsatte. "Det är de som är ansvariga för att ha skrotat försvaret." Det hördes ett sorl och flera partiledare ville ha ordet men han ignorerade dem. "Men," han höjde rösten och knöt nävarna, "jag kan lova att om ni ger mig mandat vid nästa val kommer den första åtgärd vara att ordna en folkomröstning med tre frågor som väljarna skall ta ställning till. Den första frågan är att återinföra värnplikt. Den andra frågan är hur stor invandring skall vi ha. Den tredje frågan är," här gjorde han en paus, "skall vi återinföra dödsstraff då krigstillstånd råder, som nu. Jag lovar att vi skall följa det utslag folket kommer till."

Det var dödstyst i lokalen, alla tittade på varandra. Någon av politikerna försökte få ordet men ingen brydde sig om honom. Plötsligt började någon längst bak i salen klappa i händerna. Det spred sig, någon ropade: "Äntligen någon som säger sanningen." Stadsministern försökte få ordet men appläderna bara fortsatte. SDs partiledare log och sträckte upp händerna i en segergest.

*

På den amerikanska ambassaden satt ambassadören Steve och agenten Tom och följde presskonferensen på TV. Båda hade ett whiskyglas i handen och det var CNNs inslag de tittade på. När presskonferensen var slut vände sig Tom till Steve och sade: "Jag har fått en e-post från min uppdragsgivare där de uttrycker att de är nöjda med hur denna fråga har behandlats av oss. Det tycker jag vi skall vara stolta över. Visst är det beklagligt att en massa människor dog, men i krig dör folk. En annan effekt av det inträffade är att acceptansen för Guantanamo har ökat. Folk börjar betrakta de internerade som krigsfångar och då faller kravet på rättegång. Det var genom uppgifter som kom därifrån som de kunde oskadliggöra Bin Ladin det gör att vi i fortsättningen kan internera flera som vi vet har samband med al-Qaida." Sedan höjde han glaset och sade: "Skål för vår nya och pålitliga allierade." Steve nickade ovilligt och sade: ”Eller så har vi skapat en ny Hitler.”

Efterord

Jag vill tacka läsarna för att ni tagit er tid att läsa boken. Som jag skrev i förordet är det en hopdiktad händelse men flera av personerna jag beskrivit finns, eller har funnits, men med andra namn. Jag vill påpeka att de händelser som beskrivits i boken kan hända. Resultatet av ett totalt rörbrott som jag beskrivit det är naturligtvis gissningar, men kvalificerade gissningar emedan jag har arbetat i branschen i tjugo år.

Följderna av ett sådant rörbrott i verkligheten är nog värre än vad som beskrivits. Tiden för att starta FV-systemet efter ett sådant haveri och bortfall av katastrofpumpar är säkert betydligt längre än jag antagit i boken. Andra effekter som att datasystemet skulle kollapsa på grund av elavbrott samt skador på ledningar som ofta är förlagda i tunnlarna är sannolika, resultat av det har jag svårt att överblicka.

Scenariot som jag som jag beskrivit ger en fingervisning av de risker som finns med att lägga ut infrastruktur på entreprenad. Någon general lär ha sagt att ”krig är för viktigt för att skötas av politiker”. Jag skulle vilja ändra på det till ”Infrastruktur är för viktigt för att skötas av entreprenörer.”

Bo Hansson / Författaren